CAMPOS DE CONCENTRAÇÃO

Campos de concentração
Título original: *Campos de concentración (1939-194...)*, 2007
© Dos textos, herdeiros de Narcís Molins i Fábrega
© Das ilustrações, herdeiros de Josep Bartolí
© Palavras Projetos Editoriais Ltda., 2024

Responsabilidade editorial: Ebe Spadaccini
Edição: Denis Antonio e Vivian Pennafiel
Revisão: Beatriz Pollo e Simone Garcia
Edição de arte: Simone Scaglione
Projeto gráfico e diagramação: Lilian Og.
Produção gráfica: Isaias Cardoso

Dados Internacionais de Catalogação na Publicação (CIP) de acordo com ISBD

F123c	Fábrega, Narcís Molins I
	Campos de concentração / Narcís Molins i Fábrega ; ilustrado por Bartolí ; traduzido por Ivan Rodrigues Martin e Valeria De Marco. - São Paulo : Palavras Projetos Editoriais, 2024.
	112 p. ; 15,4cm x 22cm.
	Tradução de: Campos de concentración (1939-194...)
	ISBN: 978-65-6078-016-3
	1. Autobiografia. 2. Diário. 3. Relato. 4. Campo de concentração. I. Bartolí. II. Martins, Ivan Rodrigues. III. De Marco, Valeria. IV. Título.
2024-3183	CDD 920
	CDU 929

Elaborado por Vagner Rodolfo da Silva - CRB-8/9410

Índice para catálogo sistemático:
1. Autobiografia 920
2. Autobiografia 929

1ª edição – São Paulo – 2024

Todos os direitos reservados à Palavras Projetos Editoriais Ltda.
Rua Padre Bento Dias Pacheco, 62, Pinheiros
CEP: 05427-070 – São Paulo – SP
Telefone: +55 11 2362-5109
www.palavraseducacao.com.br
faleconosco@palavraseducacao.com.br

CAMPOS DE CONCENTRAÇÃO

NARCÍS MOLINS I FÁBREGA
TEXTO

BARTOLÍ
ILUSTRAÇÃO

**IVAN RODRIGUES MARTIN
VALERIA DE MARCO**
TRADUÇÃO

1ª edição – São Paulo – 2024

PALAVRAD

— *Às milícias, a todos os soldados do Exército Popular e às Brigadas Internacionais, aos refugiados do mundo inteiro, aos que ainda apodrecem nos campos de concentração, nas companhias de trabalhos forçados, nas prisões e...*

— *Aos políticos de nosso país e do exterior, responsáveis pela nossa derrota na Espanha e pela tragédia no exílio.*

SUMÁRIO

PREFÁCIO	8
Em tempos remotos	16
Como uma enxurrada	18
Para dar a vocês um lugar na terra	22
Você adorou um deus falso	24
Vento, chuva e frio	26
Canalha que se diz seu irmão	29
Cativo que espera	30
Vencido e mísero semideus	34
A brisa lançou através de montes	36
Infame carcereiro do inferno	38
Sua vontade apagou a chama	40
Seja forte, mãe!	44
Dor, sempre dor, mais dor	46
— Mãe! Mãe!	49
Moças vieram do mundo inteiro	52
O mundo não ficou deserto	55
Com certeza, pobre cativo	58
Campos santos e ossários	60
Seres vis e traidores	62
Você sonhou com a liberdade	66
O ser que venha a nascer	67
Também os excluídos se rebelam	69
Vocês quiseram conquistar um mundo	72
O homem dirá um dia ao homem	75
De novo Átila venceu	77
Lá pelo ano de 1939	80
Vocês deixaram o fruto do seu trabalho	81
Em tempos não tão distantes	84
Nesses dias de terrível escuridão	86
O furacão e a morte	88
À FRANÇA	90
AS MÃOS (DETALHES)	94
POSFÁCIO	98
BIOGRAFIAS	108
CRÉDITOS DAS ILUSTRAÇÕES	111

PREFÁCIO

No mês de fevereiro de 1939, mais de meio milhão de homens, mulheres e crianças batiam às portas do mundo pedindo asilo para salvar suas vidas e sua liberdade. Nessa ocasião[1], as fronteiras do mundo coincidiam com os limites entre a França e a Espanha.

Eram os restos de um exército e de um povo que souberam defender a sua liberdade e a liberdade de todas as pessoas da Terra. Representavam o espírito dos povos da Espanha.

Ao se levantarem em defesa daquilo que tanto lhes havia custado, lançaram a todos um grito de alerta que poucos quiseram escutar. Apenas alguns milhares de homens de diferentes países ouviram a mensagem e atenderam ao chamado. Juntos lutavam nos campos da Espanha; juntos buscavam agora a salvação de suas vidas; juntos iam pagar, na derrota, o fato de terem lutado pela defesa de um ideal.

Poucos meses mais tarde, grandes personagens entre os que mandavam no mundo iam se apresentar como os mártires pela defesa da liberdade dos homens.

Ninguém se lembraria, então, que a primeira frente de defesa da liberdade do mundo e da luta contra o fascismo se organizou em Irun, em Madri, nas trincheiras de Aragão, nas montanhas da Andaluzia e da Extremadura.

Tudo isso foi esquecido. Lá longe, com tribuna privilegiada em Genebra, palco de teatro para o Comitê de Não Intervenção[2], o mundo assistiu com indiferença ao começo da epopeia em que a humanidade, dividida em dois bandos, lutaria até o extermínio.

---

1 N.T.: Mantém-se a obra na forma da primeira edição (1944). Todas as referências ao tempo feitas pelo autor vinculam-se a essa data em que foi escrita e publicada no México. Encontra-se no posfácio uma resenha dos fatos históricos que marcam a crescente polarização social e suas consequências captadas pela narrativa de Fábrega.

2 N.T.: Criado em setembro de 1936, com amparo da Liga das Nações (antecessora da Organização das Nações Unidas) e liderado por Inglaterra e França, esse comitê propôs que os países com maior poder militar na época – Alemanha, Itália e URSS – não apoiassem nenhum dos blocos em confronto na Guerra Civil Espanhola. O acordo não foi cumprido. Canal da Mancha.

Os donos do mundo não ignoravam isso, mas não podiam consentir que fossem uns esfarrapados os que lhes mostrassem o caminho. Os humildes não têm o direito de se fazerem de profetas e, menos ainda, de se meterem a precursores. Na derrota pagariam caro sua ousadia. Saberiam o quão terríveis são os fortes quando o escravo derrotado se curva diante deles. Escapavam da morte que os bárbaros oferecem ao guerreiro vencido. A sociedade lhes reservava a sorte que os antigos destinavam aos contaminados pela peste. E eles carregavam a pior de todas as pestes: a fé em um ideal.

Os donos do mundo não se atreveriam a levantar na fronteira o muro em que Franco[3] e seus generais, bispos e senhores feudais fuzilariam todos eles com gosto, mas iam abrir para eles as valas de imensos cemitérios.

Chegaram às fronteiras da França, aquela França que havia sido o berço da liberdade e da fraternidade entre os homens, regando montes e campos com suas vidas e os pobres restos de seus bens.

A fronteira se abriu, mas não para oferecer a eles um asilo digno. Não houve caminho ou trilha que não desembocasse nos campos, cemitérios improvisados onde os esperava a fome, a miséria, a escravidão e a morte.

Até isso quiseram disputar com eles.

Apareceram o deputado e o senador que, possessos, ocuparam a tribuna do Parlamento para pechinchar a areia das praias em que repousavam seus corpos enregelados.

Não faltaram os homens de bem que se apiedaram das míseras macas, emprestadas a feridos e doentes.

Não faltaram os médicos e chefes de campo que tinham a glória de alcançar o primeiro lugar na macabra competição até a morte.

---

[3] N.T.: General Francisco Franco (1892-1975) comandou o golpe de estado contra o governo republicano, iniciando a Guerra Civil Espanhola, com apoio de forças nazifascistas, tendo derrotado e imposto um regime totalitário que vigorou até 1977.

A humilhação e a tortura eram a norma para os que se lembravam de que eram homens.

Sobraram os chefes que obrigavam os guardas, soldados negros e árabes a caçarem aqueles que ainda tinham fôlego para ir atrás de alguma liberdade, de alguma vida que ali lhes eram roubadas.

Era comum que o capitão, o coronel e o general, pela humilhação, pela fome e pelos açoites, tratassem de obrigá-los a se entregar ao poder das hordas de Franco, que, além da fronteira, os esperava para matá-los.

Foi ressuscitado o mercador de escravos que ia aos campos apalpar músculos fortes, examinar dentes brancos e frondosas cabeleiras para levá-los a arar campos, perfurar minas, derrubar bosques e abrir novos caminhos, sob a custódia de capitães do mato e guardas.

A escravidão, que se acreditava perdida nas memórias dos séculos, floresceu de novo no solo francês.

Centenas de mocinhos e mocinhas da cidade vieram, com prazer insano, contemplar aquele povo derrotado e ofender a todos com gestos e palavras.

Apareceu um guarda que acusou o combatente da guerra da Espanha de ter sido vencido por ser covarde. Meses mais tarde, esse mesmo guarda fugia no meio de um exército derrotado, órfão de chefes e oficiais.

Levantou-se como espectro um estado que impôs os trabalhos para a guerra, mas trabalhos forçados de escravos. E os novos escravizados foram conduzidos aos campos de batalha para construir muralhas entre os exércitos em combate.

Não faltaram promessas aos que quisessem pegar em armas. Houve milhares. Mas as promessas deixavam de ser cumpridas sem a menor preocupação com o trato combinado. Para muitos foi uma armadilha ainda mais segura. E quando a derrota por traição se consumou, foram engrossar o exército de párias que nas areias do deserto construíam a estrada de ferro para unir as duas partes do império da África[4]. Muitos deles atravessaram acorrentados todos os solos da França, desde Flandres até Marselha, o porto de embarque.

No Saara se encontraram com seus irmãos da Polônia ou da Checoslováquia e judeus de todas as partes do mundo que, como eles, quiseram lutar pela liberdade dos homens. Juntos sofreram as torturas da natureza e outras piores, inventadas pelos homens: o apedrejamento, o enterro até os ombros na areia ardente, a corda no corpo atada ao rabo de um cavalo para serem arrastados, a morte lenta por insolação, a lei de fugas[5] e a fome perpétua.

E, tanto entre aqueles que conseguiram uma relativa liberdade quanto entre os milhares que foram escravizados, poucos se salvaram de insultos diários de porco espanhol, "sale étranger"[6] e de ladrões do pão que não podiam ganhar com trabalho livre e nem em troca de trabalho escravo.

E fora dos limites da França, cárcere que o mundo lhes ofereceu, houve mais países que se recusaram a abrir as fronteiras para eles: uma Suíça que rechaçava quem ousasse chegar às suas portas; uma Holanda que prendia inclusive seus cidadãos que combatiam o inimigo que, um pouco mais tarde, destruiria Rotterdam; uma Inglaterra que, se aceitou alguns poucos privilegiados, os encarcerou e depois expulsou outra vez à França aqueles que se salvaram na tra-

---

[4] N.T.: A ambição dessa França do "ocidente europeu" era unir seu solo a suas colônias do norte do continente africano com um trem que cruzasse o deserto do Sahara. Neste, situavam-se colônias de outros estados, como Espanha e Inglaterra, e o estado francês dominava grande parte do Marrocos, Tunísia, Argélia, Chade, Mauritânia, Nigéria, Senegal e partes de outros países. O conjunto constitui o "império da África", para onde o estado francês levava, além dos judeus, os antifascistas que se somavam aos escravos nativos na realização de todos os trabalhos. A França não conseguiu construir a ferrovia, mas milhares de escravizados ficaram enterrados nas areias do deserto.

[5] N.T.: Essa lei foi criada no início do século XX para legitimar a prática das forças repressivas do Estado contra trabalhadores que se manifestavam em defesa de seus direitos e teriam corrido em fuga ao invés de obedecer à ordem de prisão.

[6] N.T.: "Estrangeiro imundo", xingamento usado por franceses nacionalistas.

vessia do Canal da Mancha. Foi o prêmio por terem cooperado para salvar o exército inglês em Dunquerque[7] e, em muitos casos, terem lutado lado a lado com os guerreiros britânicos.

Diante de tanta desgraça muitos perderam a esperança. À humilhação e à escravidão em terras desconhecidas, preferiram a morte em seu próprio país. Ali, pelo menos, seus túmulos floresceriam e a alma de um povo derrotado, mas não vencido, os acompanharia em seu calvário.

A morte, convertida em instrumento frio dos impassíveis senhores da terra, se encarregou de dizimar o resto.

A máquina fascista de Hitler trouxe à latina França o gosto pelos números e pelas estatísticas. Assim, o governo do senil marechal de Vichy[8], lá pelo mês de maio de 1942, anunciou ao mundo que mais de 72.000 daqueles rebeldes haviam sido sepultados nas terras sob seus domínios.

Até a guerra atual, a França teve cemitérios, santuários aos que ali chegassem de todos os confins da terra para recordar heróis que morreram a fim de que não houvesse mais guerras. Cada lágrima que regava aquelas sepulturas, cada flor depositada aos pés de uma de suas cruzes era motivo de orgulho para o povo da França.

Agora, depois da mortalha que ofereceram como asilo ao povo em êxodo, novos cemitérios se encontram em terras francesas e em seu império na África. São cemitérios em que não se levantam monu-

---

[7] N.T.: Dunquerque, porto no norte da França onde, ao final de maio e começo de junho de 1940, o exército nazista encurralou divisões dos exércitos inglês, francês e belga, aos quais se somaram militantes antifascistas de outros países. Enquanto os alemães avançavam com tanques e aviões, a Inglaterra articulou a retirada de soldados em navios que cruzavam o Canal da Mancha.

[8] N.T.: Referência ao Marechal Philippe Pétain que assinou o armistício com Hitler em junho de 1940, quando seu exército ocupou a França e dividiu o país em duas zonas. Para a do Sul, considerada a França Livre, com capital em Vichy, Hitler nomeou Pétain como primeiro-ministro, cuja tarefa consistiu em pôr em prática as leis nazistas. Só deixou o posto em agosto de 1944, com a libertação da França pelo exército Aliado.

mentos e que não serão jamais um símbolo de glória para a França, mas sim uma vergonha para os governantes que os criaram, para o povo que os consentiu e para o mundo que os financiou.

Mas esta não era toda a França, não era sequer a verdadeira França.

A alma nobre do povo francês não havia morrido. Só estava enganada e acovardada diante dos que, um pouco mais tarde, iriam trai-la.

É certo que milhares foram os torturados, os que sofreram humilhações e insultos, mas também foram milhares os que encontraram a alma fraterna, o espírito não ofuscado por ódios selvagens.

Recordamos o general e seus oficiais que, em posição de sentido, choraram de emoção diante do corpo do exército catalão que, ao entregar suas armas, entoou como cântico religioso o hino dos catalães que têm que abandonar sua pátria: "L Émigrant"[9].

Não podemos esquecer milhares de famílias francesas e, sobretudo, os operários, intelectuais e não poucos camponeses que lutaram com unhas e dentes contra os dirigentes de seu próprio país, para salvar refugiados da morte e das torturas dos campos, oferecendo a eles asilo e colocando em risco sua própria liberdade.

Guardamos a lembrança do bispo que ofereceu os templos para abrigar crianças, mulheres e idosos. O então arcebispo de Paris não se importou de unir seu nome ao de militantes revolucionários, maçons e ministros de igrejas não católicas, para devolver dignidade humana aos refugiados que batiam em suas portas, sem se importar com suas ideias ou condição.

Não nos esqueceremos jamais de grande parte dos dirigentes sindicais e dos militantes de partidos operários que lutaram para conseguir a liberdade dos novos escravos que o Estado francês criou.

Nem dos poucos chefes e guardas de campos de concentração e companhias de trabalhos que se esforçaram para tornar mais suportável a vida nos cemitérios de homens sobreviventes.

---

9 N.T.: "O Emigrante": refere-se a "O Segador", nome do hino catalão cujo verso mais repetido é "Bom golpe de foice, defensores da terra!".

Mas, por desgraça, todos eles eram poucos entre os poderosos ou pareciam frágeis demais quando estavam em grupo.

Pesou mais a covardia coletiva da maioria amorfa e indiferente, a covardia de políticos que sacrificavam aqueles miseráveis em nome da conveniência de políticas internas, sem pensar que a cada passo que davam em suas ações, como as atitudes que tiveram durante a Guerra Civil Espanhola, facilitavam mais o caminho àqueles que depois entregariam sua pátria ao inimigo comum.

Recordamos também os homens de bom coração do mundo inteiro que, sem reconhecer as conveniências de uma política cega, ofereceram sua ajuda pessoal e econômica para salvar vidas humanas e para devolver a esperança às pessoas que tantas razões tinham para tê-la perdido.

E neste rastro luminoso se destaca em primeiro lugar o exemplo do México.

México foi a exceção quase absoluta à regra. Primeiro, pela ajuda incondicional durante a Guerra Civil. Depois pela hospitalidade irrestrita que ofereceu a todos os espanhóis que sofriam nos campos e nos cárceres da França e da África.

No peito de nenhum espanhol fugitivo, nem entre os que ficaram na Europa para cair nas garras de Franco ou que, mais tarde, seriam levados a trabalhar nas bombardeadas fábricas da Alemanha, existe a menor dúvida sobre as boas intenções do México de salvar a todos. Sentem e sabem que se a maioria ficou apodrecendo nos campos de concentração ou penando como escravos nas companhias de trabalho, a culpa não foi desse grande e generoso país. Os culpados estariam entre aqueles que, sendo carne da própria carne dos exilados, se empenharam mais em cuidar de seus próprios interesses do que em trabalhar pela salvação de todos.

México há de ter eternamente um altar no coração do povo espanhol.

EM TEMPOS REMOTOS e terras distantes os homens endeusaram outro homem, pela voz de redenção que ele lançou ao espaço.

Os homens o crucificaram.

Juan Espanhol também quis ser deus, redimir o mundo da afronta e da dor. Por selvas, montes e savanas, cada alma humilde ouviu sua mensagem.

Mas, o que elas, pobres e desvalidas, podiam fazer em defesa do irmão de grande coração, mas sem força, contra a união de todos os poderosos da terra!

Juan também foi sacrificado. Pende na cruz, jaz nos solos. Seu corpo aos poucos desaparece no barro.

Só uma estrela, desterrada do firmamento pelo homem pássaro da guerra, soube de sua grandeza e desceu de seu trono para ocupar um lugar no túmulo de Juan, para um dia renascer e, com sangue e com luz, deslumbrar outros homens menos cegos, mais humanos.

---

10 N.T.: Falange Espanhola: organização política fascista fundada em 1933 por José Antônio Primo de Rivera e que contou, no ano seguinte, com um braço paramilitar. Estimulou e apoiou o golpe de estado dos militares em 1936 e apoiou o regime totalitário de Franco.

— *Ao camarada Jaume Girabau, comissário da 30ª Divisão, fuzilado pela Falange[10] na Espanha.*

COMO UMA ENXURRADA
sangue humano atravessa a fronteira.

Fome e miséria aplastam cada um daqueles corpos graves, gráceis, infantis, mas eles não se acovardam.

Sabem que foram a vanguarda de um novo mundo. Sabem que seus corações batem em uníssono com milhões de outros corações no mundo inteiro.

Os irmãos que ficaram para trás, depois de derramarem sangue sobre a terra que têm que abandonar, prosseguem em triste peregrinação.

Avançam confiantes.

Avançam orgulhosamente em busca de almas gêmeas.

Mas o mal é mais forte. As almas irmãs se escondem vencidas pelo medo. E, em lugar de braços abertos, encontram campos cercados por arames de espinho.

— *A Horace Carbuccia, sem-vergonha, canalha e diretor da Gringoire[11], a revista mais infame produzida na França.*

---

11 N.T.: *Gringoire* era uma revista semanal anticomunista que pregava apoio a Pétain e críticas à política de alianças em uma Frente Popular adotada por alguns países, inclusive a França, para tentar barrar o crescimento internacional do fascismo. Seu último número data de 26 de maio de 1944.

PARA DAR A VOCÊS UM LUGAR NA TERRA arrasaram as flores e o verde do campo.

Sob o céu, colocaram um véu de nuvens negras em pranto e apagaram o sol.

Amassam o pão de cada dia com lágrimas amargas.

Torturam os seus corpos.

A cada segundo roubam o sopro da vida de cada um de vocês.

O que jamais poderão roubar será a memória do que vocês foram e a vontade que ainda têm de voltar a ser homens.

VOCÊ ADOROU UM DEUS FALSO.

Tem um carro novo com rodas brilhantes.
Tem o peito cheio de placas de ouro falso.
Tem uma coroa de louros descoloridos.
Você quis servir ao homem; mas os donos do mundo não suportam que ninguém adore o poderoso.
Você não tem nada.
Sua carniça vivente apodrece em um monte de esterco.
Nem pão deixaram para tua boca.
O que importa?
Um dia, você se levantará, sentirá a vida leve, recobrará os membros e marchará sorridente pelo mundo que o seu sangue conquistou.

VENTO, CHUVA E FRIO.

Frio, chuva e vento.

Flechas que o céu adverso lança sobre cativos trêmulos, famintos e nus.

Os governantes da terra, que poderiam trazer socorro a tantos milhares de desgraçados perdidos nos ásperos campos da França, se fazem de surdos.

Aqueles que se lembram de vocês é para tirar suas mantas miseráveis, para culpá-los pelo frio que nas frentes da batalha passam os soldados da França, que esses mesmos poderosos vão trair e abandonar.

O céu que indiferente lança calor, frio ou chuva, que move os ventos, nada sabe desses miseráveis. Só sabe que a terra precisa de calor e umidade para dar vida.

Tinha que ser o homem a se aproveitar dessas dádivas da natureza para apagar existências da superfície do globo!

Quantos criminosos vaidosos, com o peito coberto de medalhas, pensam que por cada alma que esses corpos trêmulos abandonam, suas almas conquistam mais um degrau no paraíso dos seus deuses!

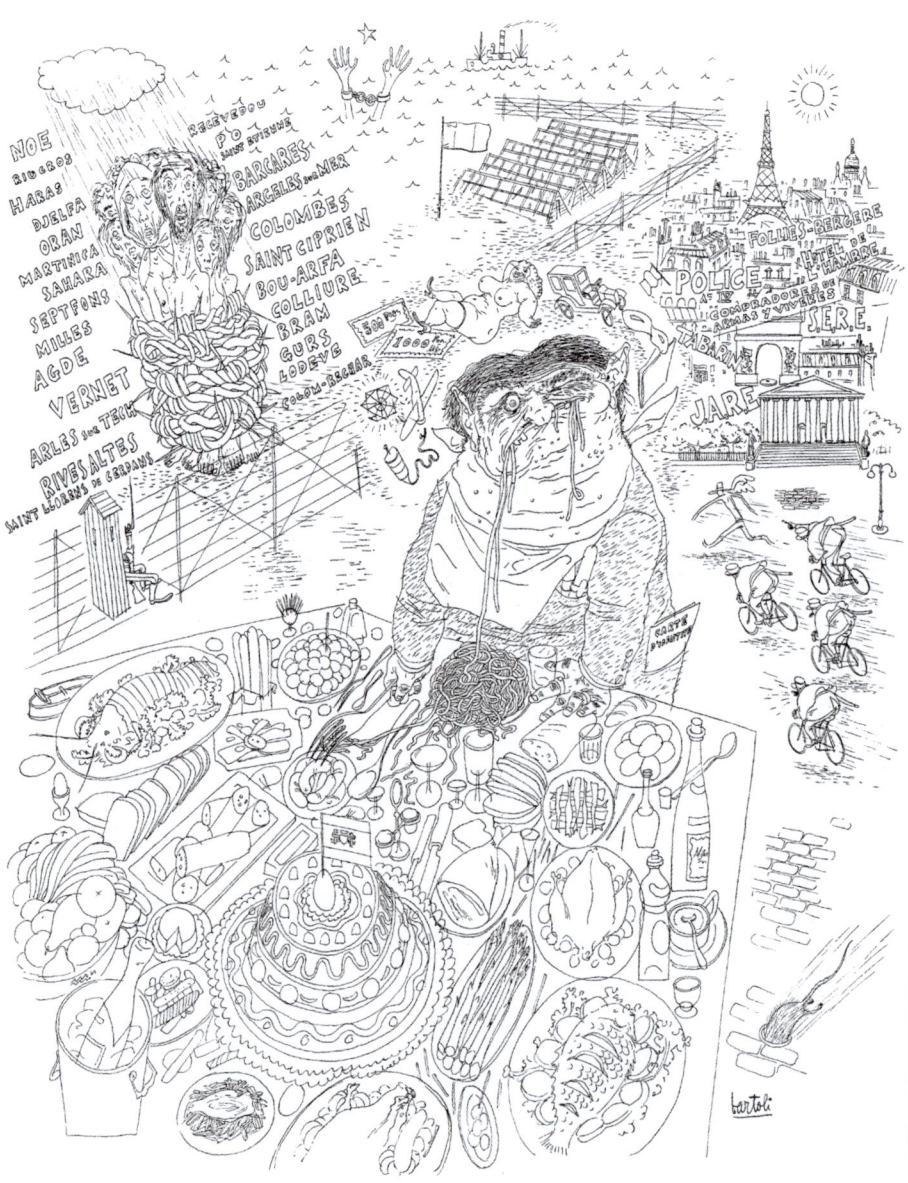

CANALHA QUE SE DIZ SEU IRMÃO.

Se sua obscena gordura permitisse, você viraria o rosto e veria que o homem que você traiu, acuado por feras sedentas de almas, sofre em cavernas e cemitérios.

Seus ouvidos permanecem surdos para o irmão traído.

As cidades do mundo, que para você se tornam amáveis graças aos milhões que você roubou dos miseráveis, são para ele soturnas e carrancudas.

Você engorda e ele procura o sol.

O sol está nas suas mãos, mas a gordura obscena que cobre o seu corpo o apaga.

Aproveita! Enquanto é tempo.

Não está longe o dia em que o miserável arrancará seus próprios ossos do cemitério ao qual você o condenou.

Será um dia terrível para você.

De nada servirá seu ouro ou seus dotes.

Você voltará ao esgoto e ele, purificado na dor e no sacrifício, seguirá o caminho de luz que só para ele brilhará.

Canalha que se diz seu irmão!

CATIVO QUE ESPERA

poder sonhar livremente sob as sombras que cobrem sua triste barraca.

Não ouse pisar a porta de sua toca para lançar o espírito pelo caminho das estrelas, em busca dos seres amados que você deixou em terras distantes.

Nem nos sonhos você pode encontrar a liberdade.

Os astros que, no firmamento piscam os olhos aos homens livres da Terra, se esqueceram de você.

O guarda que durante o dia o insultou, o tratou de "porco espanhol" e o golpeou para reanimar a fraqueza de seu próprio corpo, roubou suas asas para o diabo e voa silencioso, mas vigilante, entre você e os espaços infinitos. Ele está disposto a abrir fogo contra o seu pensamento se você tentar sonhar e escapar em direção ao que ama, um mundo em que volte a ser livre e volte a se sentir semideus.

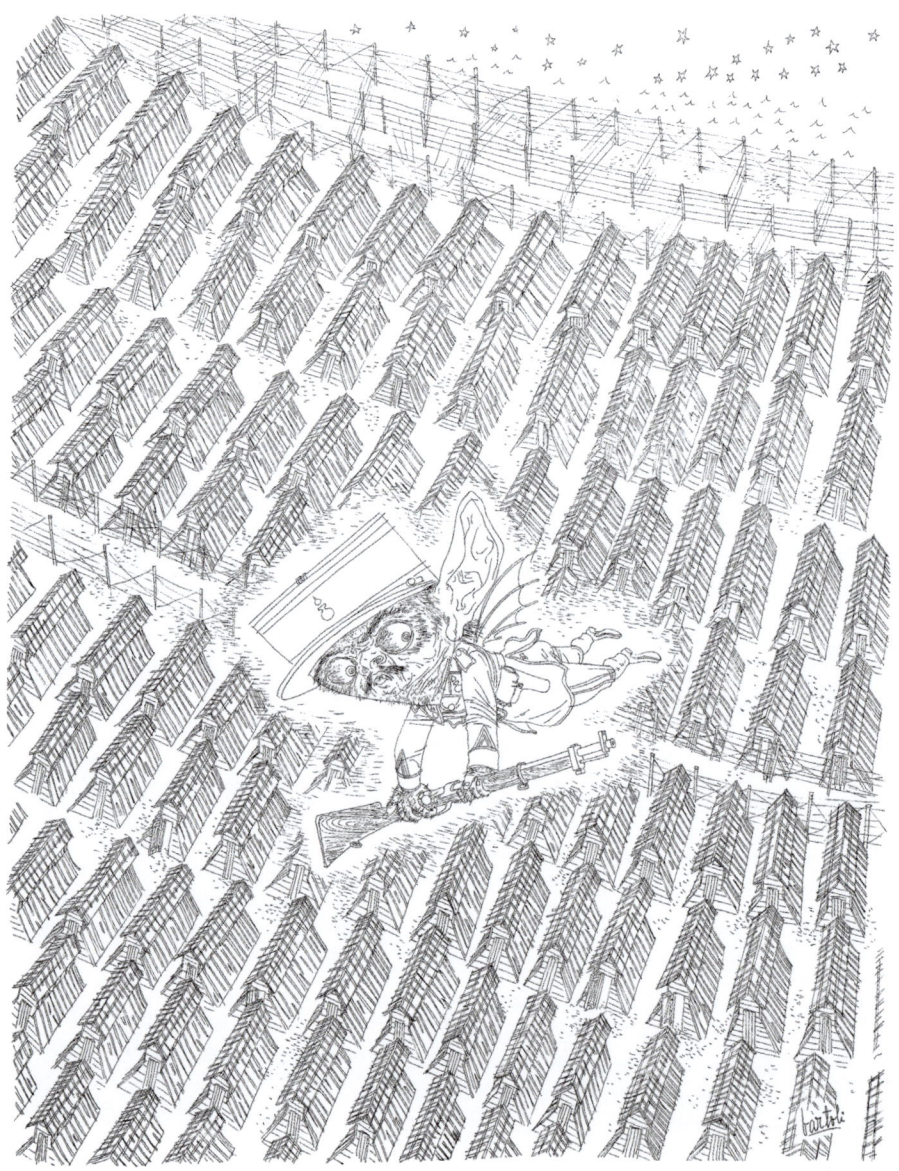

VENCIDO E MÍSERO SEMIDEUS que paulatinamente se afunda e morre neste triste campo santo de movediças areias.

Que não lhe incomode o zumbido que aos seus ouvidos levam os anjos maus e os estafadores. Mentem para você a cada segundo de sua agonia.

Mentem para você, talvez, ao dizer que logo vai ser livre.

Mentem para você ainda mais quando sussurram que toda esperança se acabou para você.

Espere! Acredite!

A vontade e a coragem, que ontem salvaram você da morte, renascerão para lhe abrir de novo as portas do mundo e lhe devolver a vida que pensaram ter roubado de você.

Você é o mais forte e você renascerá.

— *Ao bom amigo González Salgar, do Consulado Geral da Colômbia em Paris, grande amigo dos refugiados e testemunha de que este livro diz a verdade.*

A BRISA LANÇOU ATRAVÉS DE MONTES, planícies e serras daquela França, que você considera inóspita, o grito de liberdade. Grito doce e terrível ao mesmo tempo. Seus ecos permanecem ocultos para cidadãos e camponeses que acreditam que são livres, mas não para você, semideus enterrado em tristes cemitérios.

Liberdade! América! MÉXICO!

Ouse, cativo miserável!

A vala que separa você do radiante sol é mais esfarelada que a sua vontade.

E o cativo ousou.

O mar era o único caminho do mundo dos mortos que levava à liberdade.

O mar! O mar!

Primeiro, seus pés congelados e descalços. Depois, suas pernas magras. Paulatinamente, com o prazer de quem se sente no caminho luminoso da liberdade, avança passo a passo, em busca do sol que o atrai.

Ele ousou!

Desapareceu nas ondas.

Agora está livre!

Seus irmãos, de desejos menos ardentes, acreditam que era louco. Mas ele, em sua fria e movediça sepultura, sabe que não.

Os cativos, que não o seguiram, choram pelo irmão. Ele, sorridente, lá do sol lança um grito de libertação.

Sejam fortes!

Não os vencerão!

Além do mar, onde mora a luz, está a liberdade.

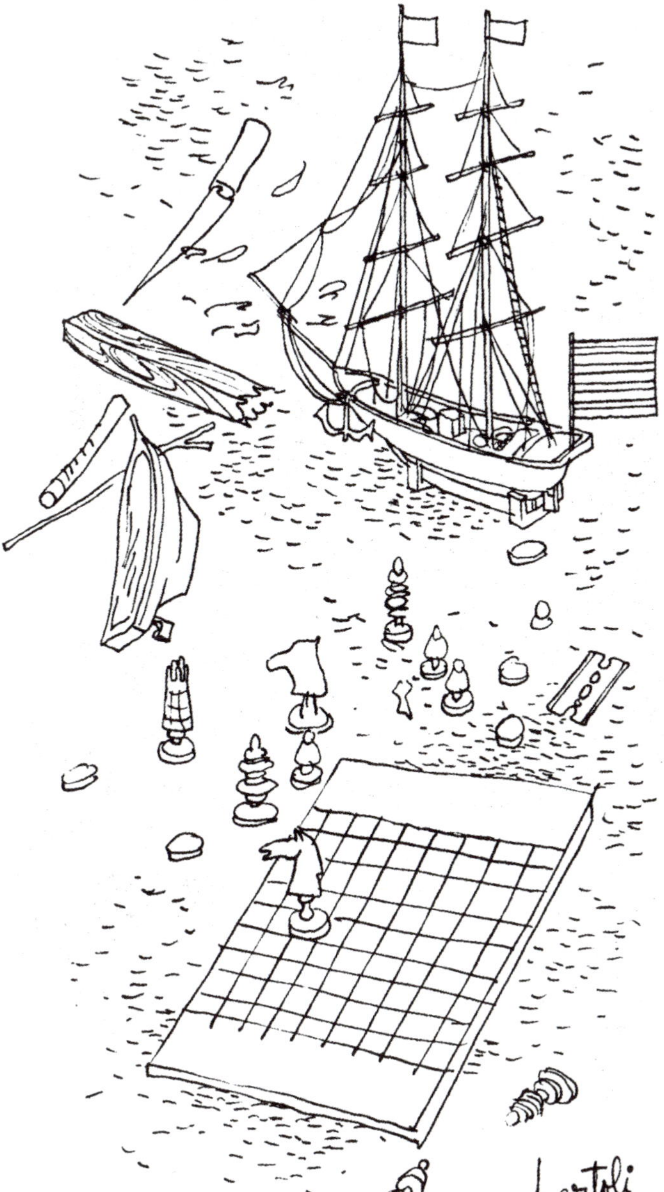
bartoli

INFAME CARCEREIRO DO INFERNO.

Você engorda com a dor e a fome dos condenados ao seu cemitério.

O ouro que exibe em seu peito, esse que esbanja em seus prazeres, você arrancou do sangue de seres exaustos.

Cuide-se!

Os condenados ao seu cemitério hão de se libertar e, então, voltarão.

Estremeça na sua onipotência.

Estremeça evocando aquele dia, senhor feudal da vida e da morte.

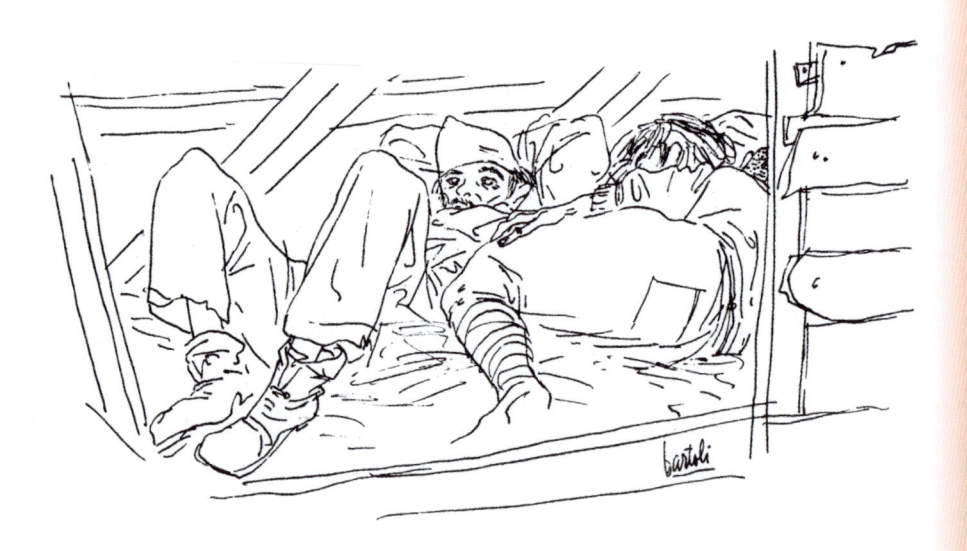

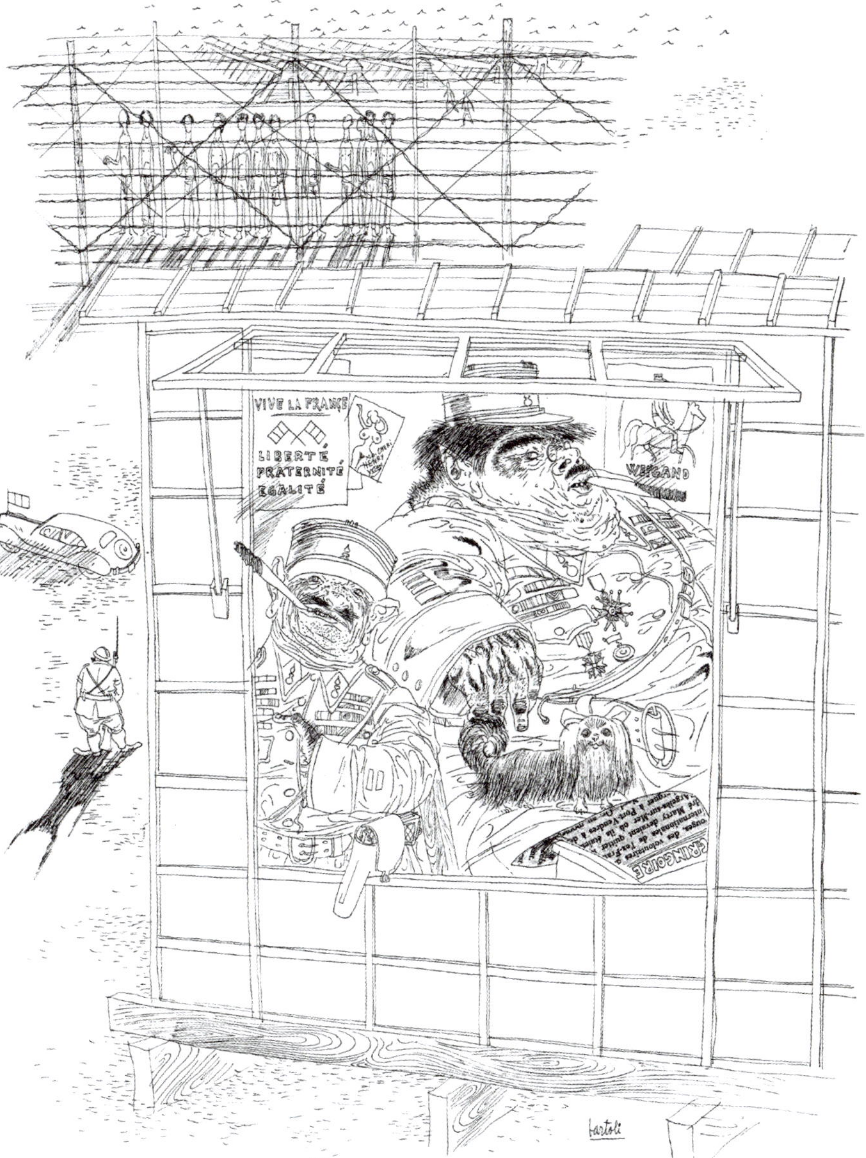
VIVE LA FRANCE
LIBERTÉ
FRATERNITÉ
EGALITÉ
WEYGAND
GRINGOIRE
bartoli

SUA VONTADE APAGOU A CHAMA.

Vocês não estão mais fracos por não comer a ração ordinária que a "hospitalidade" do asilo lhes oferece.

O que importa é que os carcereiros sintam que vocês ainda são homens, que não apagaram a fagulha do semideus.

Amanhã os vencerão, mais uma vez, com promessas que vocês sabem que são falsas.

Tanto faz!

Importa é que os guardiões de seus túmulos sintam que a vontade que vocês têm de viver é mais forte que o desejo que eles têm de matá-los.

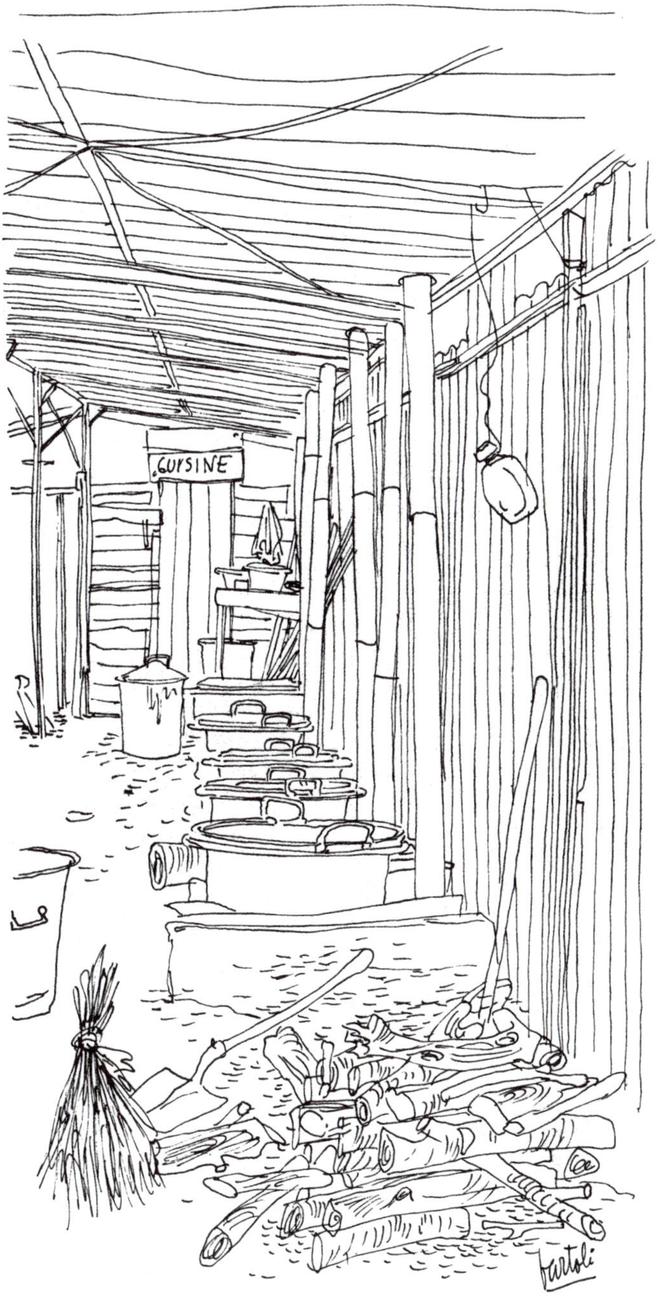
CUISINE
Bartoli

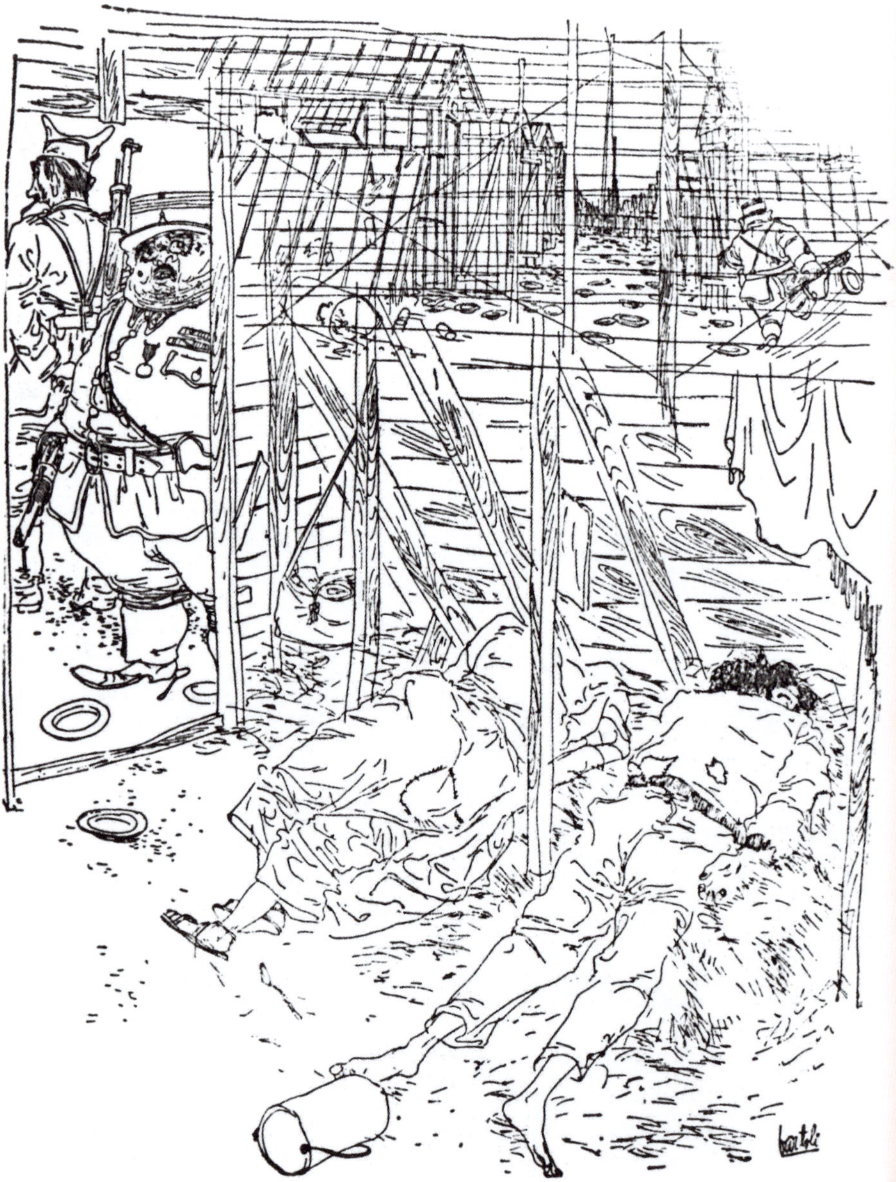

43

SEJA FORTE, MÃE!

Não chore!

O filho que você conheceu cheio de orgulho e vigor caiu nas mãos do inimigo. Não do inimigo contra o qual lutamos pegando em armas, mas nas mãos daquele que quis arruinar você, eu e todos os nossos irmãos, atrás de uma fronteira que prometia, mentirosa, que nos brindaria com a paz, a liberdade, a fraternidade.

Seja forte, mãe!

Você me vê com os pés descalços, as mãos amarradas, atrás desse carrasco que me conduz ao altar da dor. E você chora.

Não chorou quando me viu partir para a luta em defesa da liberdade que queriam arrancar de nós.

Seja forte!

Hoje mais do que ontem.

Quando você podia chorar sem que suas lágrimas dessem prazer aos homens sem alma, você não chorou.

Hoje você chora porque acredita que seu filho está derrotado e humilhado.

Isso não está certo, mãe!

Seu filho voltará da tortura mais fraco de corpo, mas mais forte de espírito.

Não se desespere.

Não me vencerão.

Volte para casa e conte ao meu irmãozinho que no mundo existem flores, pois o coitado só conheceu a fome e a dor.

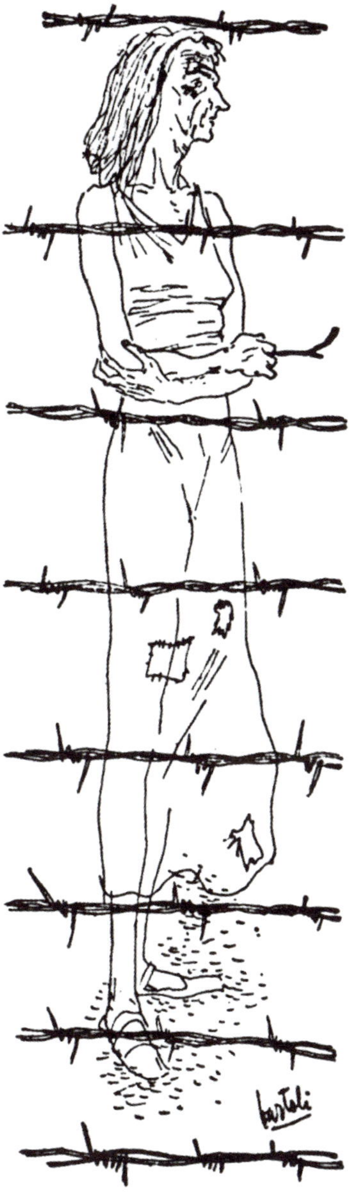

DOR, SEMPRE DOR, MAIS DOR.

Você chegou ao cemitério dos vivos, orgulhoso como um semideus. Os poderosos da terra não suportam os semideuses. Por isso, condenaram você à dor e à morte.

Não ousaram se aproximar de você porque temiam, não tanto a força de seu corpo, que derrotaram, mas a força dos seus olhos que cuspiam na cara deles o desprezo que, em nome de tantos humildes, você carregou em sua alma.

Também não quiseram acabar com sua vida no momento em que você caiu nas mãos deles. Você tinha que pagar pelo pecado do orgulho de querer se elevar até as estrelas.

Não se atreveram a usar eles mesmos o pau que lhe quebraria as costelas, nem a cavar a fossa para o seu corpo. Essa sepultura você tem que abrir com as suas próprias mãos. E se o seu corpo não puder resistir à dor, seus companheiros a abrirão. Ao enterrar você, sabem que estão deixando debaixo da terra algo de si mesmos.

O cão miserável que por um pedaço de pão duro vendeu sua honra de homem permanecerá ao seu lado, para vigiar sua agonia e contar depois aos poderosos da terra que sua vida acabou.

Mas esse cão ignora que, depois da função de carrasco – baixa e canalha – ele terá a função de testemunha – nobre e altíssima –, para a qual o destino pode escolher, sem rebaixar, o ser mais vil e mais cruel.

Se os poderosos da terra soubessem, já começariam a tremer.

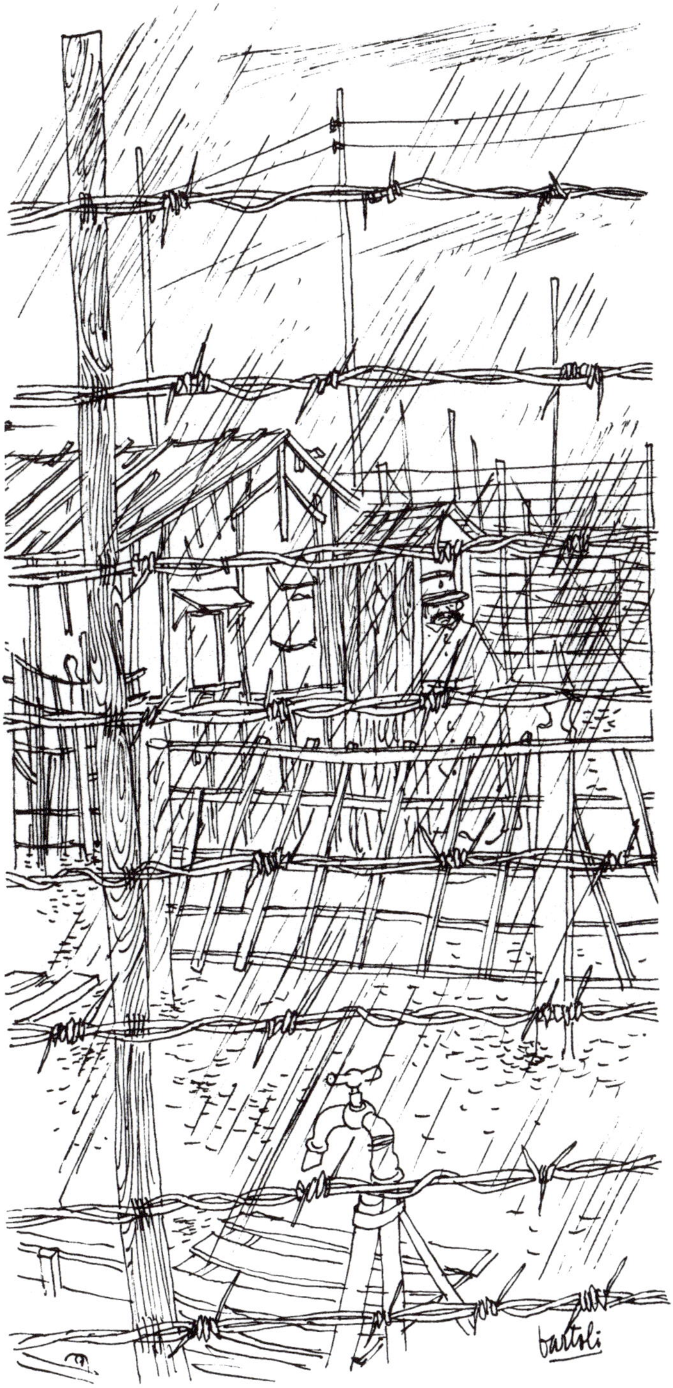
bartoli

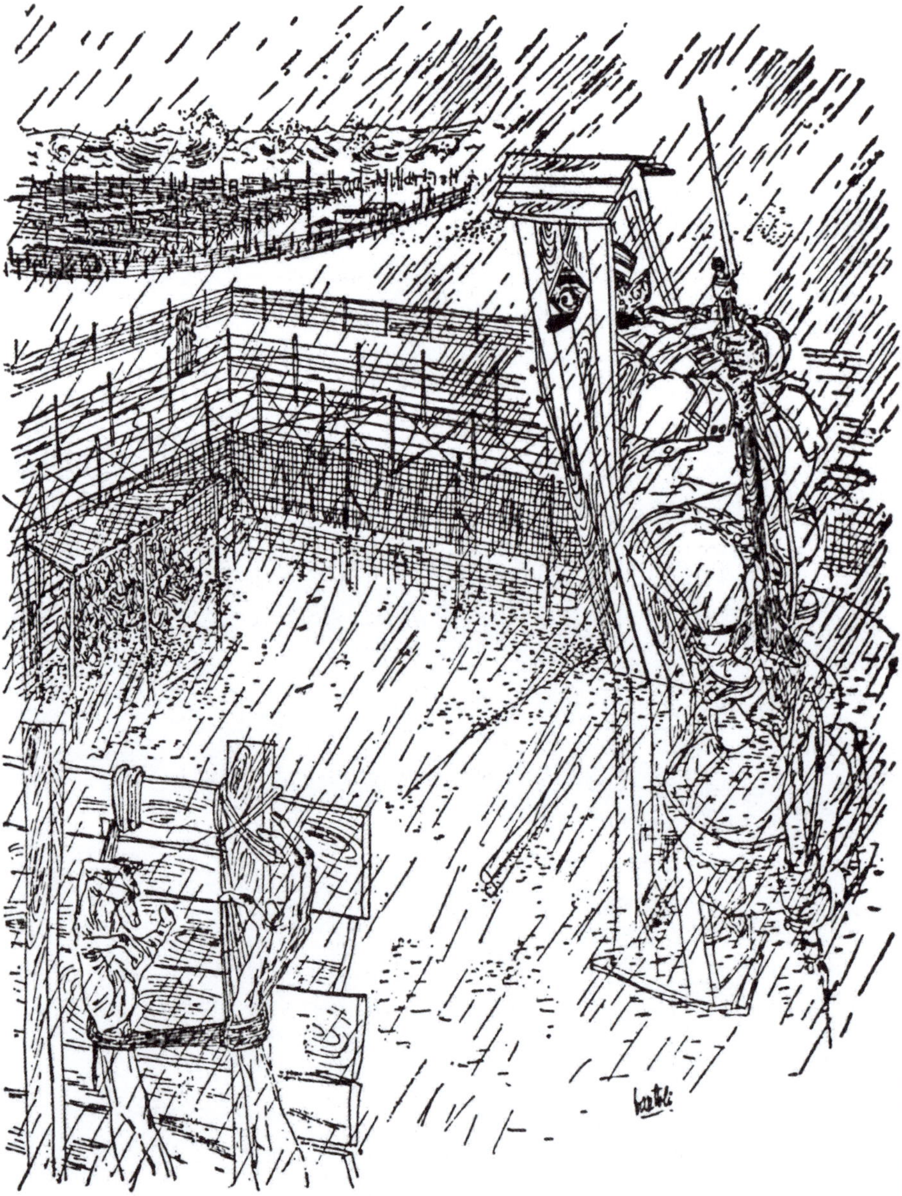

— MÃE! MÃE!

Aos poucos a alma abandona o corpo de Juan.

Como um semideus, o peito nu desafiando a intempérie, lutou pelos montes e planícies da Espanha.

Num lugarejo, entre oliveiras, uma mãe sonha com o filho que, derrotado, salvou sua vida fugindo para terras estranhas.

Um fio misterioso, estendido pelos espaços, uniu desde então duas almas que, ainda que não tenham podido se abraçar, sempre se amaram.

— Mãe! Mãe! – murmura Juan em agonia.

E a mãe, que sempre atendeu o chamado de seu filho quando menino, também o atende no umbral da morte.

O eco de sua voz chegou em um mísero pedaço de papel que treme nas mãos do melhor companheiro.

"— Meu filho! Queria poder te abraçar, mas meu amor é grande demais. Fica onde está, onde pode viver livre!"

E Juan sente a felicidade suprema. A felicidade de escapar para os espaços siderais, acompanhado pela voz do coração que mais o amou.

— *Ao camarada Pere Sunyol,
comandante da Brigada 146.*

— *Ao doutor Diego Ruiz, a todos os médicos espanhóis.*

MOÇAS VIERAM DO MUNDO INTEIRO para contemplar a miséria de seus leitos de palha podre.

Na manga esquerda exibiam uma cruz vermelha como sangue; em seus cartões de visita, um escudo de nobreza. Em seus olhos, medo do contágio e terror do bandido que, na Espanha ensanguentada, lutou contra seus próprios amigos, aqueles poderosos senhores que quiseram salvar a pátria, a pátria de toureiros e encapuzados que se açoitavam na procissão de Sevilha. E na boca, promessas de ajuda para seus corpos doentes e feridos.

As moças se foram.

Com vocês ficou a morte.

As moças de cartões de nobreza, de desprezo e medo nos olhos e de promessas nos lábios, talvez, um dia tenham enviado um medicamento que pudesse salvar a vida de vocês. Em todo caso, este não chegou à cabeceira de seu fétido leito de morte. Perdeu-se nos emaranhados das fronteiras? Perdeu-se nos gabinetes de seus guardiões, para acabar nas mãos de boticários sem escrúpulos em troca de umas moedas para comprar prazeres fáceis?

Insondável mistério!

As moças se foram.

A morte ficou com vocês. O eterno Juan Simón teve trabalho, noite e dia, para enterrar seus corpos flácidos, já apodrecidos antes da morte.

— Estrangeiro sujo!
Espanhol de merda!

bartoli
Liberté - Égalité - Fraternité
La Méditerranée
que de Port-Vendres
laquelle s'étend voluptueus
d'Argelès-sur-Mer. C'est dans cette
veloppée de lumière, que l'on a bâti, en
1939, l'immense camp d'Argelès. Près de quinze
mille étrangers vivent encore dans ce campe-
ment. La plupart de ces internés sont des
Espagnols de l'ancienne armée rouge. Il y a
aussi des juifs, des Tchèques et des Polonais.
Ces internés n'ont guère le goût du travail
(ceux qui avaient envie de travailler sont re-
partis dans les compagnies de travail qui répa-
rent les routes inondées à Vernet-les-Bains et
à Amélie-les-Bains).
Une Espagnole noyée au camp
de réfugiées d'Argelès
On craint qu'il n'y ait
d'autres victimes
La cité
des épaves humaines
contre l'immixtion étrangère
On s'évade trop facilement
des camps d'internés.
Le 7 février, au cours de perquisi-
tions effectuées dans le camp d'internés d'Argelès-sur-Mer, la brigade
mobile de Montpellier mettait à
jour une cassette pleine de perles,
lines, d'or et de reliques volés en Espagne.
Deux jours plus tard, la police spéciale dé-
couvrait, chez un Espagnol marxiste en con-
tact quotidien avec les rouges des camps de
concentration, un dépôt d'armes, de munitions
et de brochures communistes : 213 pistolets,
23.859 cartouches et 32 chargeurs. Le 10 février, six militants communistes étaient écroués
à Perpignan.
Une enquête nous a permis de constater que
les services de garde de nos camps d'internés
étaient très insuffisants. Ce n'est pas avec
quelques anciens soldats de la zone interdite,
sans armes et sans solde, que l'on peut sur-
veiller sérieusement des milliers de fortes
têtes ayant appartenu aux milices rouges ou
aux brigades internationales et habitués à
Ceux qui veulent
travailler
350.000 REFUGI
L'ACTIVITE
de la Sûreté nationale
s'est exercée par
des expulsions, des rafles, des poursuites
Les étrangers de sexe masculin
âgés de 18 à 55 ans
seront rassemblés dans des groupements
La France humanitaire de 1941 permet
à plus de 12.000 indésirables, hebergés
Nous n'avons cessé de protester contre le
présence des rouges d'Espagne sur notre sol.
Le gouvernement a décidé leur expulsion
définitive. Ils seront transportés au Mexique,
dont le gouvernement les accueillera.
Malgré l'immense effort fait par la France
pour loger et nourrir convenablement ces
apatrides, les internés ne consentent guère à
se plier à la discipline des camps.
Chaque jour, la police des camps est appelée
à juger les cas les plus invraisemblables et les
brigades mobiles arrêtent quotidiennement
sur nos routes, de nombreux évadés.
Charles PICHON.
« Gringoire » avait raison.
Nous n'avons cessé de protester contre l'acti-
vité des émigrés et expulsés étrangers qui ont
pesé sur la politique française dans l'intérêt
de leurs idéologies ou de leurs affaires.
Le gouvernement annonce que des décisions
sévères vont être prises à leur égard.
Quant aux populations des Pyrénées et du
Languedoc, elles ont connu les « rouges »
espagnols, d'abord comme brocanteurs de ba-
gues volées, de calices profanés et de boucles
d'oreilles sanglantes, puis comme réfugiés
incendiaires et pillards. Entre cette pègre
internationale et le général Franco, leur choix
était fait depuis longtemps.
UNE ROUTE DE 2500 KILO

O MUNDO NÃO FICOU DESERTO de criaturas humanas.

Os pensamentos, que você acredita que se perdem sem eco no espaço, chegam aos seres queridos que, lá longe, também nada sabem de você.

Muitos daqueles em quem você confiou lhe negam, certamente, até o consolo de um livro ou de uma carta.

Nem todo ser humano morreu.

Bem sabe seu companheiro que, de alma mais forte que a sua, derrama seus pensamentos no pedaço de papel sujo que agarrou na ventania. Talvez nem ele receba resposta; mas, pelo menos, terá se apaziguado, porque se deu alguma esperança.

O mundo não morreu.

Acredite! Espere e verá como um dia a luz chega de novo até você.

— *A Enric Gironella.*

— *Ao desenhista Shum.*

COM CERTEZA, POBRE CATIVO.

Você chegou ao cárcere de arames envenenados com sua companheira e seus três filhos.

Seus pressentimentos não o enganam.

Você foi preso com os demais homens. Sua companheira e seus filhos foram levados a outro cemitério. Vocês não estão longe, mas os arames e o coração de seus guardas são insensíveis.

Seu filho mais novo faz tempo que morreu. Na administração, não houve um vintém para o leite e o peito da sua esposa estava exaurido. O pobre inocente morreu.

Também a fome levou o seguinte.

Logo você perderá o terceiro, o mais velho, o que mais alegria lhe deu. Encontra-se deitado em seu leito, sem que os médicos consigam descobrir de que morrem os filhotes dos refugiados.

Seus guardiões e o arame envenenado são frios, sem coração; nada sabem da dor de um pai, quando esse pai é um refugiado cativo.

Sua esposa sofre sozinha. Espera que você esteja mais feliz, acreditando ainda ser pai de três filhos.

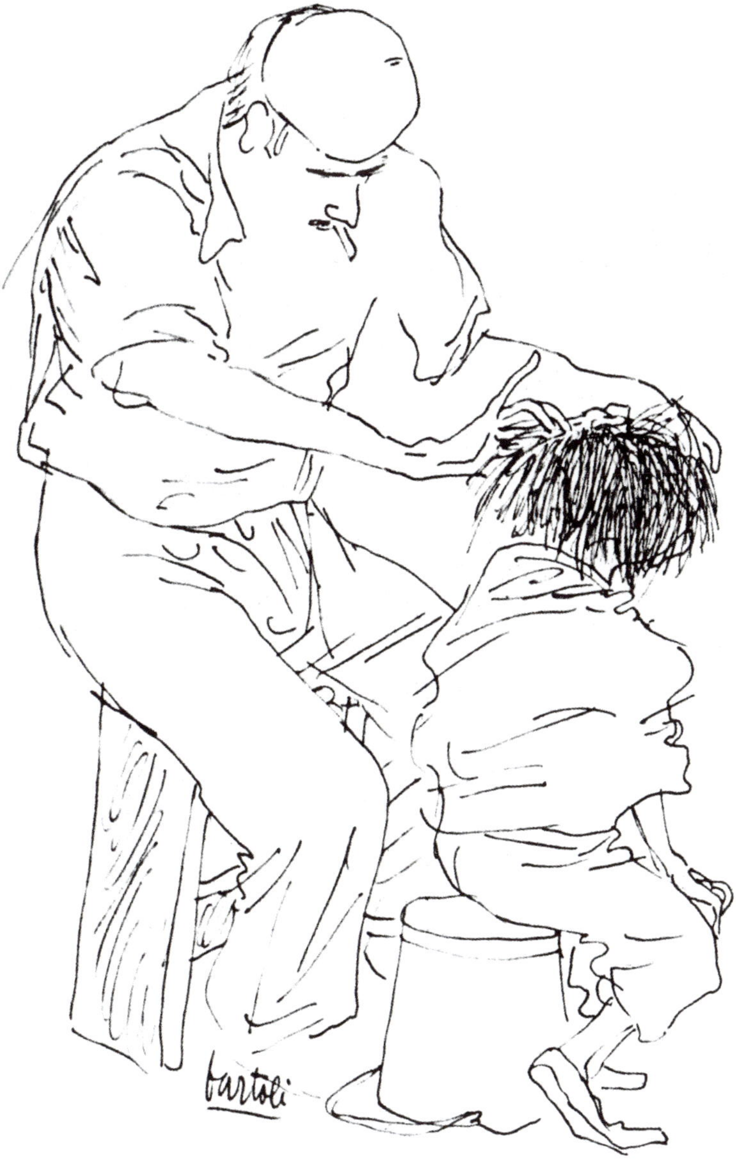
bartoli

CAMPOS SANTOS E OSSÁRIOS têm mais fome.

Quando vão aos seus prazeres, os poderosos da terra tremem diante de seres estranhamente miseráveis, com brilho de fogo nos olhos, que cruzam pelo caminho. São os que fizeram tremer os pilares da sociedade.

É preciso acabar com eles!

E o homem se vê perseguido por matilhas de cães desprezíveis que, dessa forma, compram o pão que não souberam conquistar com o suor de suas próprias testas.

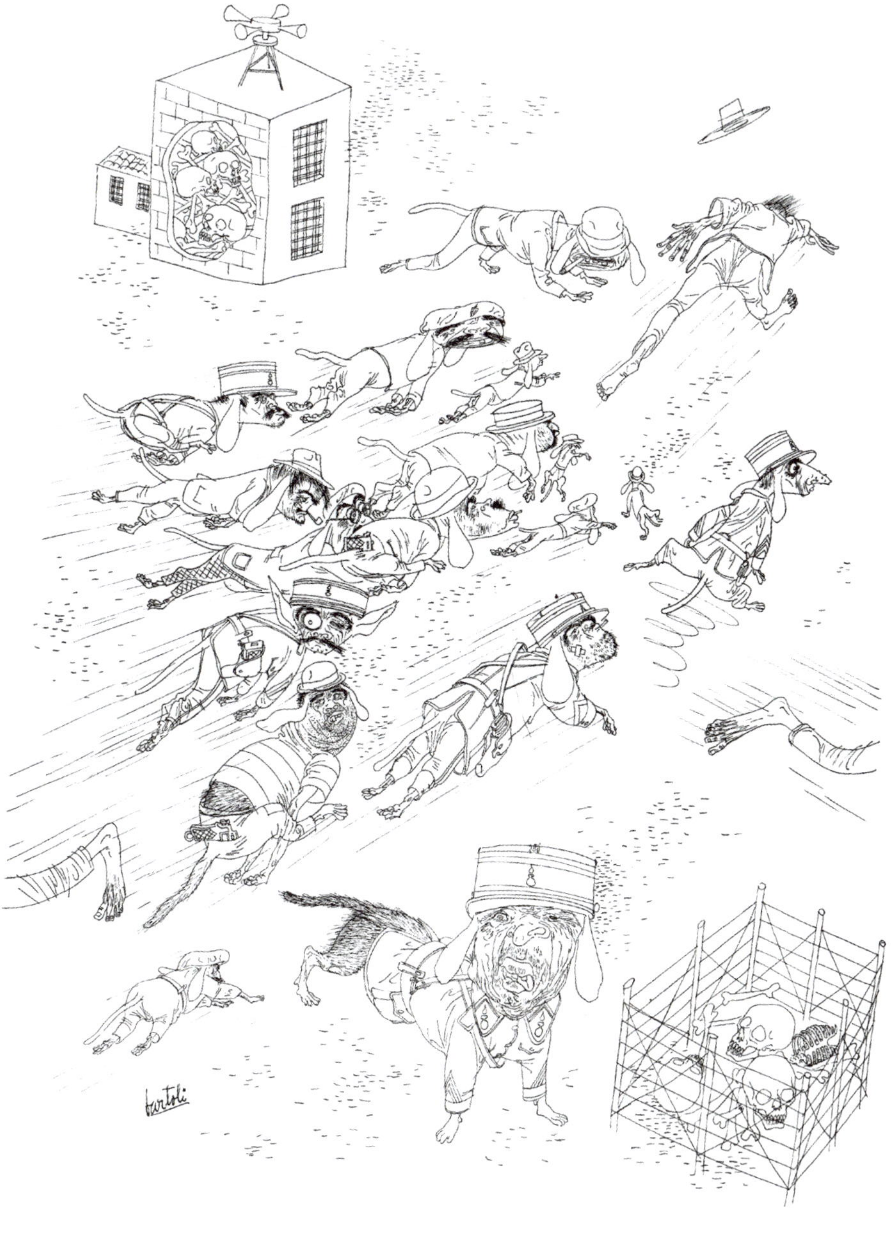
bartoli

SERES VIS E TRAIDORES se reviram furiosos.

Algo sublime os roçou com sua sombra.

Aqueles que perderam seu espírito não podem sentir o sublime sem que a raiva arrebente seu peito.

Açoite! Açoite, infame!

Seus golpes são inúteis. Não servem de nada.

Nem o sangue que você acredita brotar das feridas é sangue de verdade. Cada gota se transformará em um novo ser mais forte. Um dia serão uma legião e acabarão com sua podre carniça que se juntará com a dos amos e senhores a quem você serve.

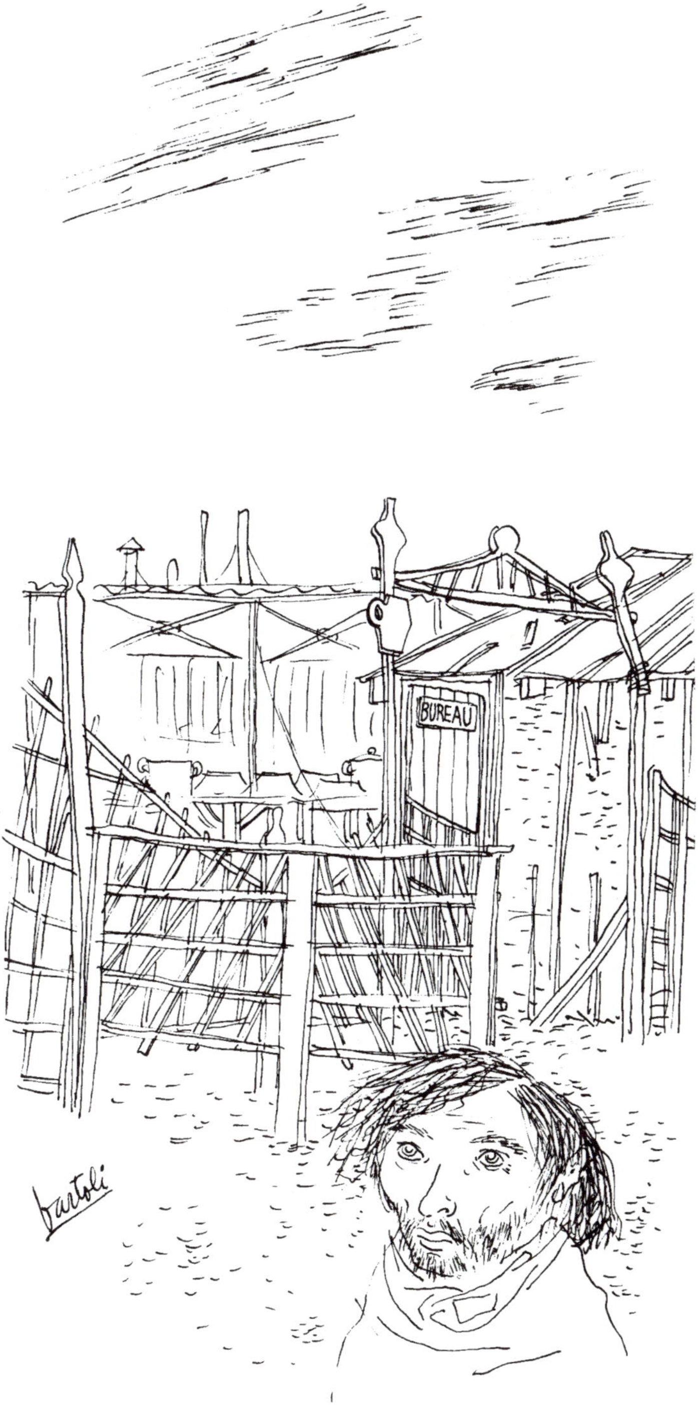
BUREAU
bartoli

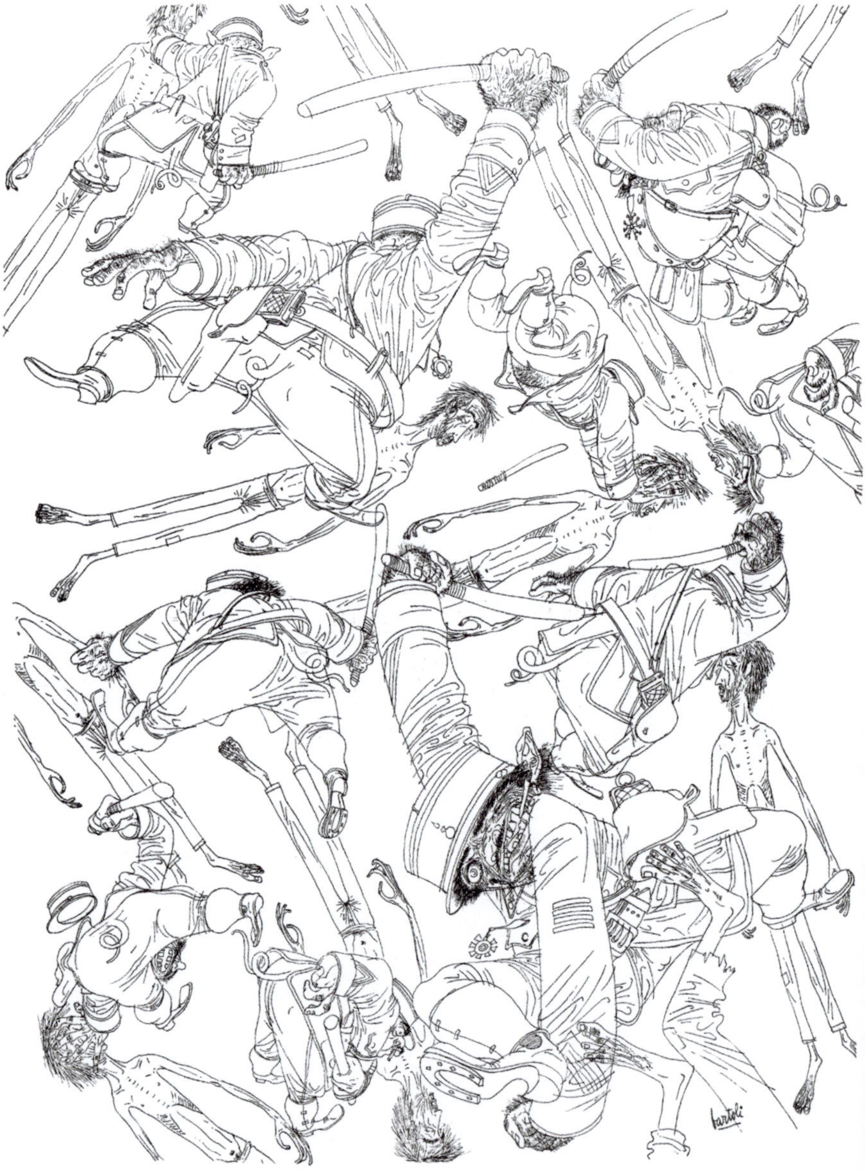
bartoli

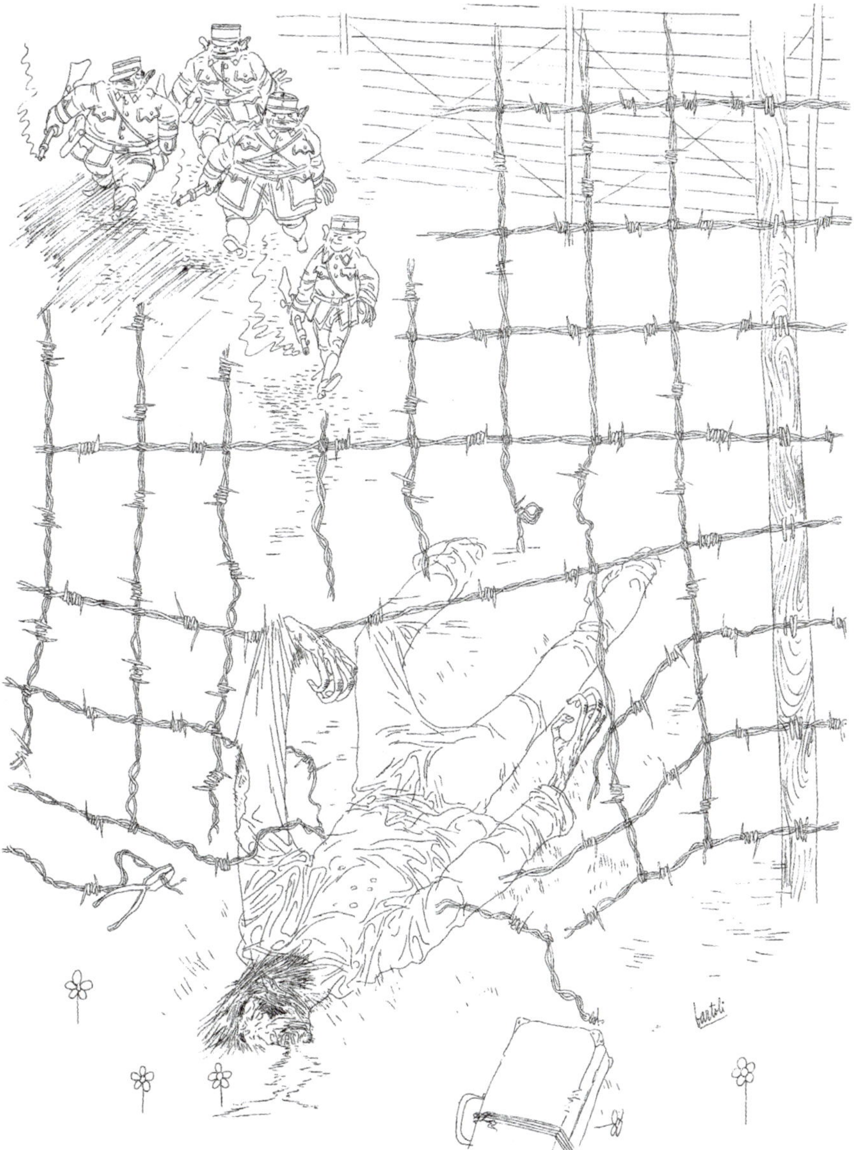
bartoli

VOCÊ SONHOU COM A LIBERDADE, mas se esqueceu do anjo negro que vigia seu cemitério.

Os olhos de ave noturna descobriram sua tentativa. O dardo envenenado tirou sua vida, quando quase estava conseguindo abrir um caminho para a luz.

Ou, talvez, sentindo-se esquecido, você mesmo procurou a morte?

Foi você quem, ao se levantar de seu triste e miserável leito, antes de se fundir na neblina, se desculpou com o pobre Juan Simón estendido ao seu lado?

"Perdoe-me. Vou para a luz da morte. Minha alma já não pode mais resistir. Amanhã, na tosca pedra que cobrirá meu túmulo, não escrevas nenhum nome. Perdi tudo no mundo. Dessa forma, um dia, a mãe que perdeu seu filho poderá sonhar que a morte o devolveu.".

O SER QUE VENHA A NASCER

será uma criança roubada do pai, arrancada das entranhas de uma mãe que sofre por seu companheiro.

Seu prazer infame, você roubou à custa da dor.

Se seu fruto vier a nascer, será para se levantar contra você, como um anjo da vingança.

É inútil esconder seu roubo infame na escuridão da noite. As estrelas viram. Elas guiarão o vingador, esteja onde estiver. Nada vai livrar você do castigo que merece.

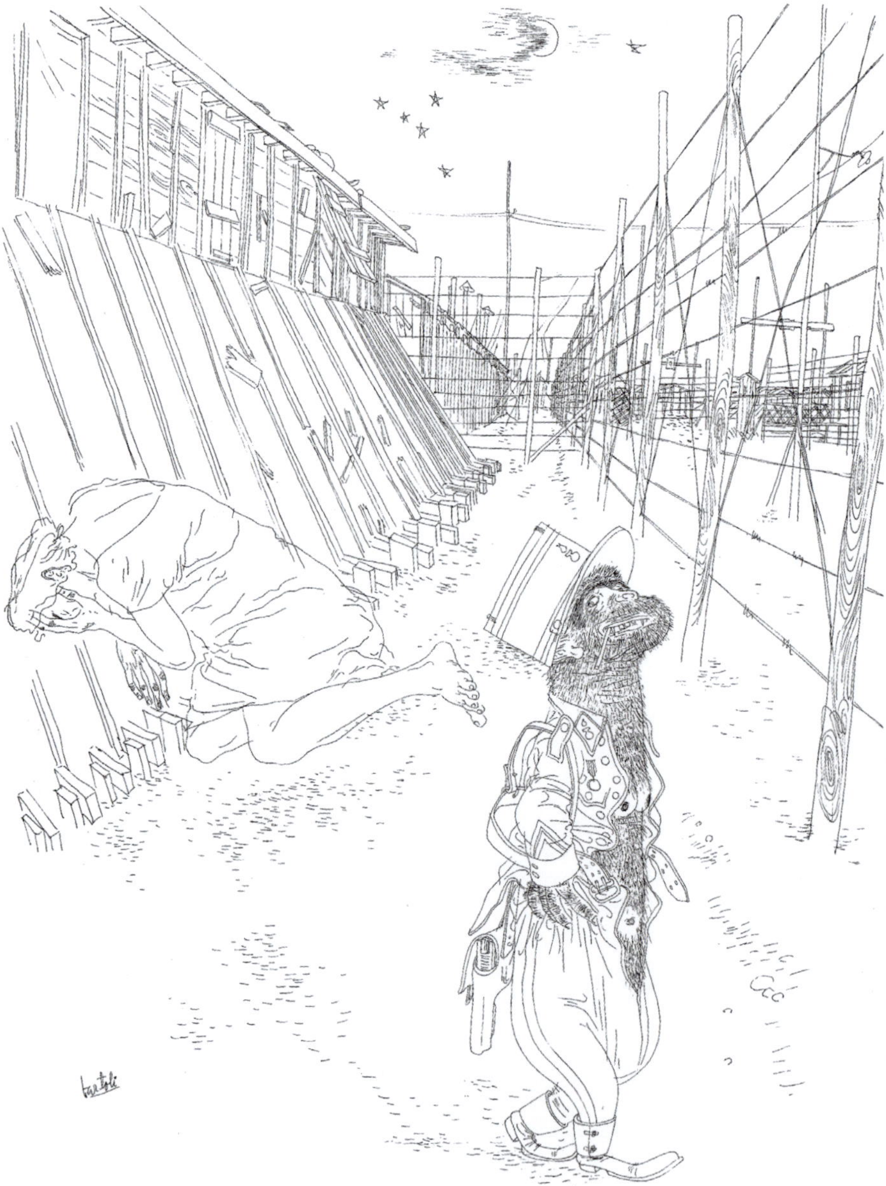

TAMBÉM OS EXCLUÍDOS SE REBELAM.

Amanhã chamarão vocês de covardes, por terem se juntado em cinco ou seis para atacar um guarda sozinho.

Talvez outros, que não os autores, pagarão com dor os golpes que o corpo com uniforme da Legião de Honra[12] recebeu.

Não importa. Aqueles que sofrerem, ainda que não sejam os culpados, guardarão silêncio; os que bateram sabiam que com seu ato vingavam a dor e a humilhação de todos e de cada um de seus irmãos de cativeiro.

Que o saco de carne condecorada sofra também em nome de seus infames semelhantes.

---

[12] N.T.: Criada em 1804 por Napoleão Bonaparte, a ordem nacional da Legião de Honra (*ordre national de la Légion d'honneur*) é a maior honraria concedida pela França a militares e civis considerados ilustres pelo Estado.

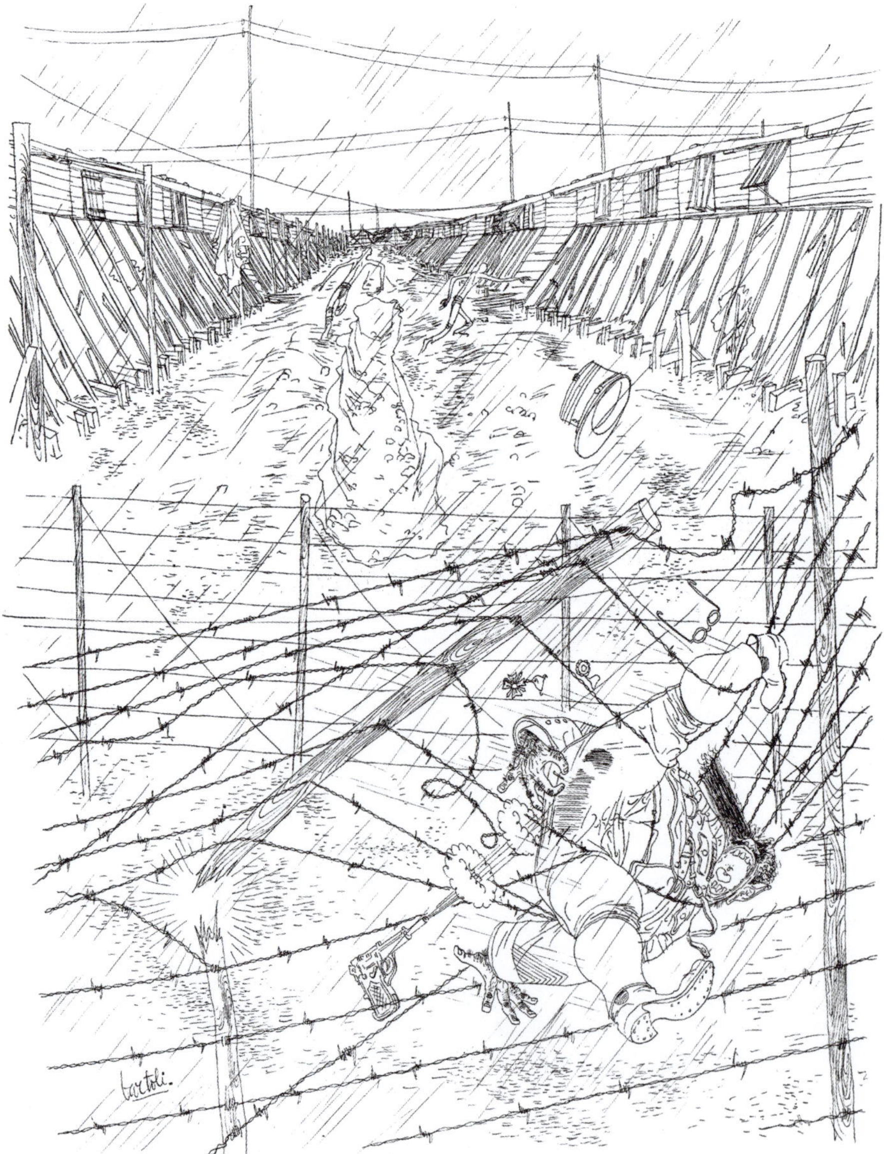
bartoli.

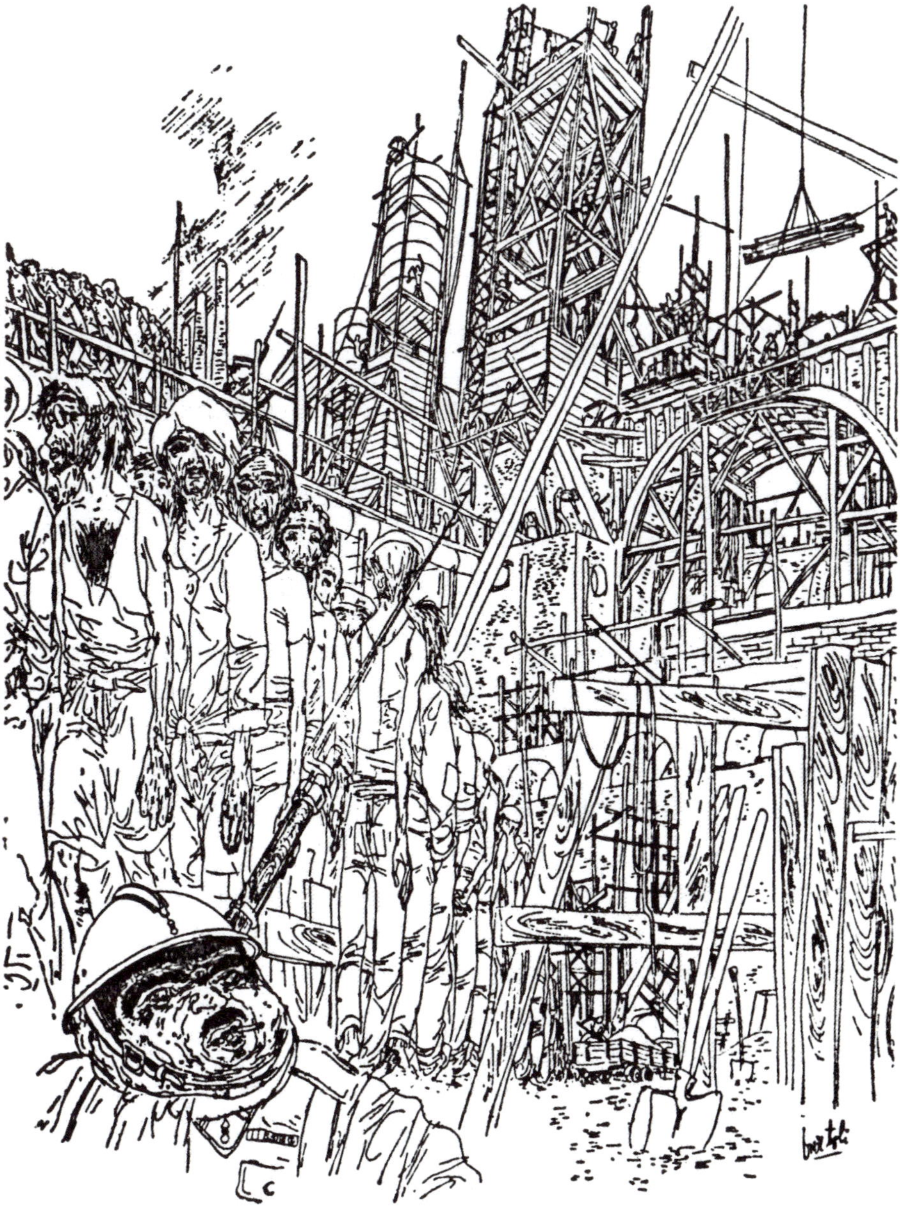

VOCÊS QUISERAM CONQUISTAR UM MUNDO em que o trabalho não fosse uma maldição. O cativeiro foi o castigo.

Lá, no oriente da terra que lhes deu asilo, nos cemitérios de homens vivos, estalou o trovão da guerra.

De novo, vocês quiseram proclamar ao mundo que eram homens, oferecendo suas forças debilitadas pela fome e pelo frio, para colocá-las a serviço de uma causa que lhes pareceu digna.

Foi em vão.

Seus músculos podiam ser úteis, mas era um perigo deixá-los em liberdade. Ainda que submetidos ao trabalho forçado, vocês eram um exemplo para os miseráveis.

Na terra que lhes deu asilo na paz dos cemitérios, havia, com certeza, trabalho para vocês, mas trabalho de servos. Era preciso que os demais escravos, que ainda vagavam em liberdade, não soubessem de vocês, não conhecessem suas aflições, não sentissem a valentia de seu espírito.

Vocês deviam ser tratados como cachorros sarnentos, para salvaguarda da sociedade.

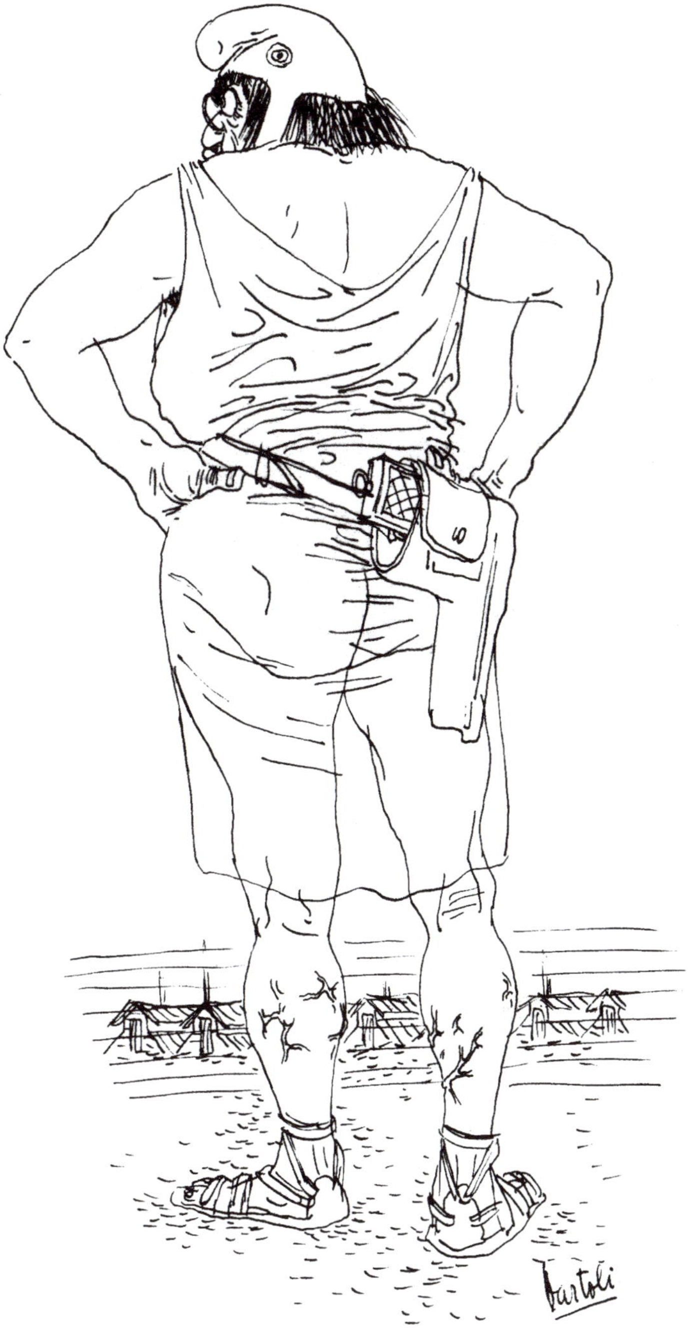
Bartoli

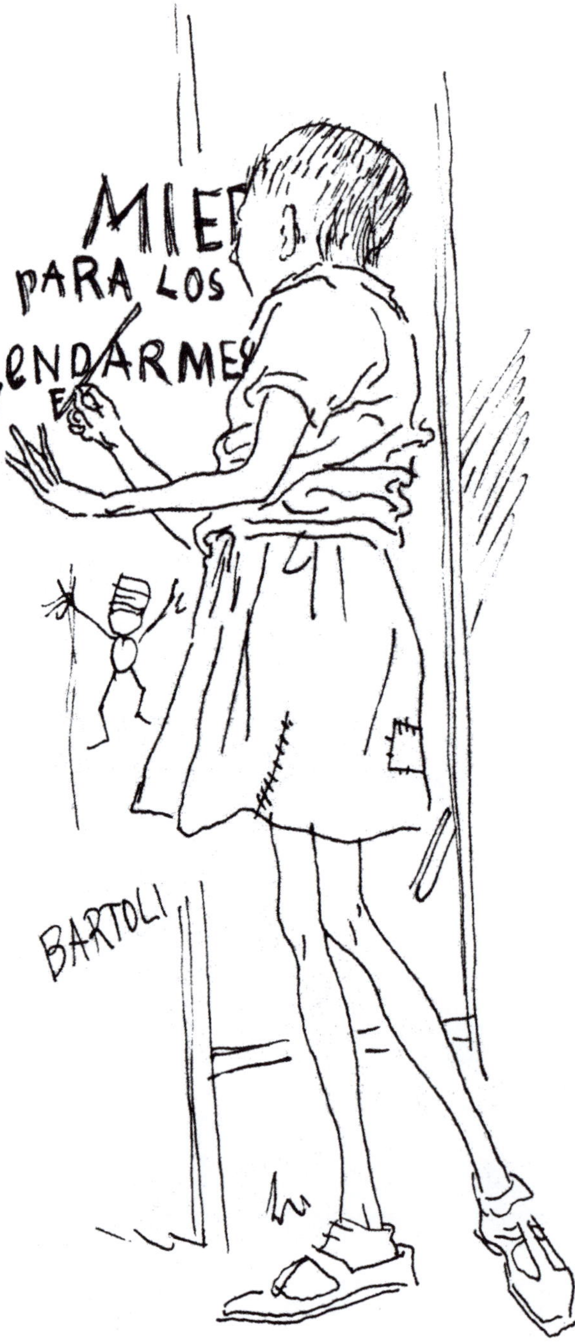
MIER
PARA LOS
gendARMES
BARTOLI

O HOMEM DIRÁ UM DIA AO HOMEM:

— Que fim você deu aos meus filhos?

Abusou de sua força com eles porque eram meus. Privou-lhes do pão, da beleza, do amor e, quase sempre, também da vida.

Você roubou da criança, de meu filho, inclusive os horizontes do mundo. Meu filho, por sua culpa, nem pôde sonhar com os países encantados, aos que conduz o luminoso caminho sideral. Você roubou dele os contos de fadas. Converteu o príncipe belo da cantiga em ogro vestido de soldado.

Você fez ainda mais.

Roubou de seu coração a ternura, porque lhe roubou a beleza.

No próprio leite do seio de sua mãe, você pôs o terror e o ódio. Em sua alma só semeou trevas e desprezo pelo homem.

Não se queixe, pois, se um dia, este menino, já homem, se levanta diante de você, irado e frio, e lhe pede para prestar contas, sem que ele, também, na sua vez, se lembre de seus filhos.

Você lhe roubou a alma e ele nunca mais a encontrou.

— *A Baixeras Renom e seus três pequenos.*

DE NOVO ÁTILA[13] VENCEU.

Como o velho tirano, este também veio do oriente.

O séquito de ontem eram hordas selvagens arrancadas de selvas desconhecidas. O dos nossos dias encontrou seres à sua semelhança em cada passo que deu. Os poderosos da terra abriram-lhes caminho.

Hoje, eles mesmos temem o ogro. Mas este se sentou sobre seus corpos vestidos de ouro, carentes de espírito.

Só o humilde ousou levantar sua voz e quis despertar o mundo. Ninguém o ouviu. Hoje, depois do triunfo de Átila, os traidores prendem de novo o servo que lutou e trabalhou, pensando em ganhar um posto aos pés do trono do tirano.

Frágil será o muro com o qual vocês pretendem aprisionar seu espírito! Atrás de suas miseráveis valas, ele, o vencido, será mais forte que todos vocês, e em seu próprio túmulo de homens vivos forjará a arma que há de derrotar todos vocês, tiranos e traidores.

— *Morte aos colaboracionistas[14].*

---

13 N.T.: Guerreiro que viveu na primeira metade do século V e comandou um exército formado por tribos dos Hunos, povo da Eurásia; era temido na Europa por sua ação de extrema barbárie. O narrador evoca essa força bruta para atribuí-la ao governo francês que perseguia os antifascistas, desde junho de 1940, com as práticas nazistas.

14 N.T.: O termo *colaboracionistas* foi utilizado pelo Marechal Pétain em um pronunciamento radiofônico em 30 de outubro de 1940 para convocar os franceses a colaborarem com os invasores nazistas.

ESPAÑA
CHECOESLOVAQUIA
AUSTRIA
BELGICA
HOLANDA
DINAMARCA
NORUEGA
GRECIA
FRANCIA
POLONIA
YUGOESLAVIA
U.R.S.S.
bartoli

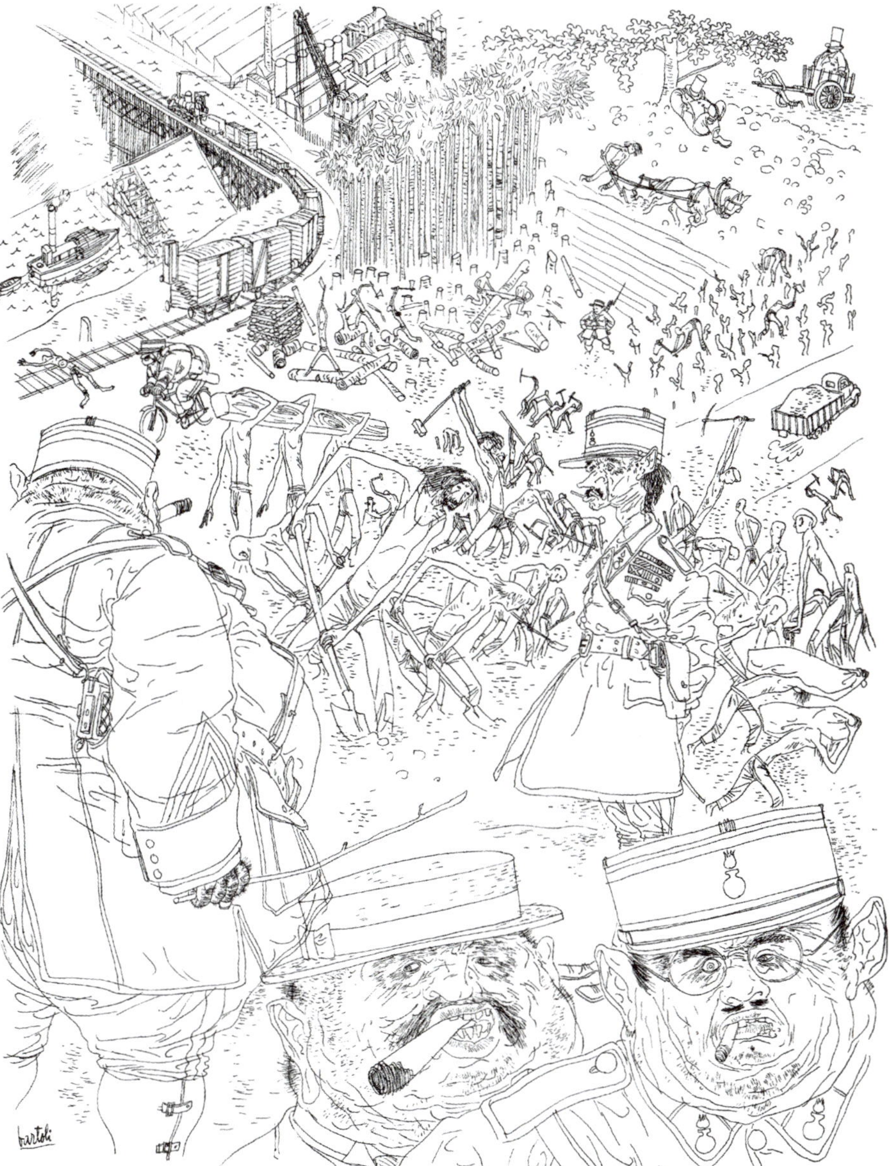

LÁ PELO ANO DE 1939, a escravidão aparece de novo nas terras do ocidente. Surge no país que foi o solar da fraternidade.

Esse país tem hoje um império, terras incultas, escuras minas emudecidas, fábricas em ruínas. Tem, além disso, mercadores de escravos que, desde tempos remotos, veem seus acampamentos vazios de carne humana.

Enxames de homens fantasmagóricos chegaram em busca de asilo. Carne humana indefesa.

Há quase um milênio[15] os mercados de escravos estavam desertos. Mercadores, venham!

Seu tempo renasceu.

Este tem dentes bons. Este, músculos de aço. Nos olhos daquele brilha a inteligência. Vêm de países onde dizem que se come pouco. Não esvaziarão a sua dispensa. Também não lhes custarão ouro. O Estado lhes oferece. Ele cuidará de sua guarda, desde que vocês cuidem das pancadas que os faça trabalhar.

E o país traçou rotas em seu império. Derrubou bosques. Ergueu fábricas. Abriu de novo as fendas e as entranhas da terra.

Os mercadores de escravos enriqueceram.

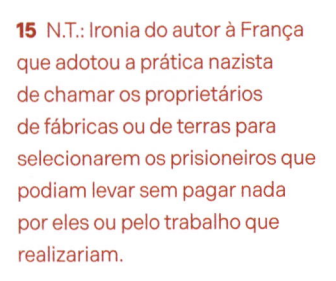

---

15 N.T.: Ironia do autor à França que adotou a prática nazista de chamar os proprietários de fábricas ou de terras para selecionarem os prisioneiros que podiam levar sem pagar nada por eles ou pelo trabalho que realizariam.

VOCÊS DEIXARAM O FRUTO DO SEU TRABALHO em campos, bosques e fábricas. Perderam companheiros em Alsácia, Flandres, Noruega e Dunquerque. Muitos conheceram as prisões de Albion[16], ao pretender salvar suas vidas junto às do guerreiro inglês, ao lado de quem vocês combateram.

Negociantes de escravos encheram os bolsos com o pouco sangue que a fome deixou nas veias de vocês.

Eles fizeram promessas falsas e vocês as compraram com o suor e a vida de muitos companheiros.

O esquecimento escureceu a mente de generais, ministros e senhores de indústrias e terras.

Por um instante vocês acreditaram que o sol voltaria a brilhar. Foi um sonho vão.

Hoje adoram Átila. Vocês são o cordeiro do holocausto.

Seus ossos amoleceram. Não sobrou suor em seus rostos nem sangre em suas veias. Já não servem de nada aos que, em nome do asilo sagrado, escravizaram seus corpos. Generais, ministros, donos de indústrias e terras servem ao novo deus, a quem venderam sua pátria e, querendo ganhar seu favor, novamente enviam vocês para o outro lado da fronteira, onde sabem que a dor e a morte os esperam.

---

16 N.T.: Nome antigo usado para designar o conjunto de ilhas que compunham na época a Grã-Bretanha: Inglaterra, Escócia e País de Gales. A prisão de Albion era o cárcere mais cruel e para lá foram enviados os antifascistas de todas as nacionalidades que lutaram na batalha de Dunquerque.

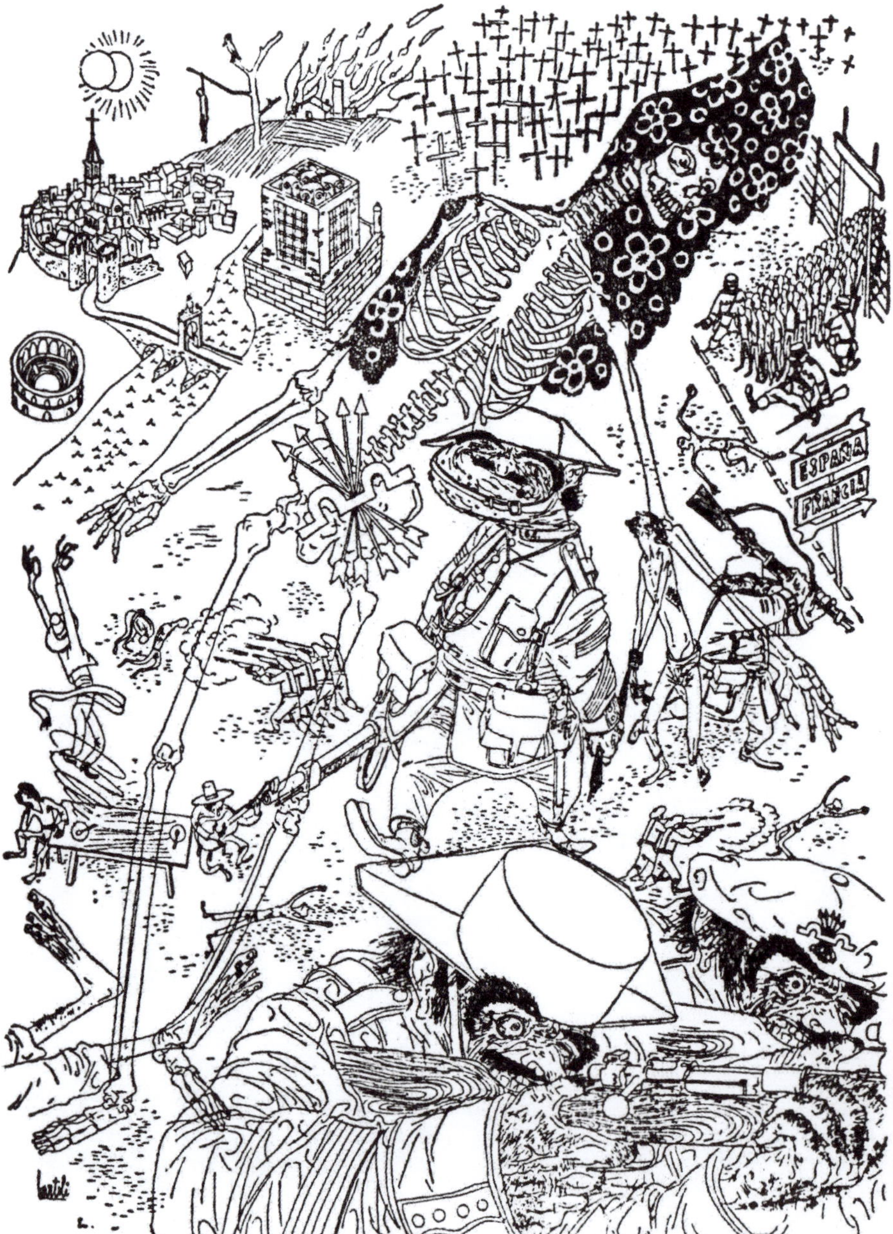
ESPAÑA
FRANCIA

— *A Molins i Fábrega.*

EM TEMPOS NÃO TÃO DISTANTES, homens do ocidente buscaram no deserto a voz do espírito, que acreditavam ter sido apagada pela civilização.

O deserto, poderoso e grande senhor, devolveu, com juros, a luz aos seus olhos. Pôs a fonte e a árvore no meio da imensidão porque sabia que nenhum homem jamais poderia resistir a tamanha grandeza.

Outros vieram depois. Nada queriam para si mesmos. Procuraram o homem do deserto para subjugá-lo e escravizá-lo.

Empenho inútil.

Para eles, a conquista era comércio; a grandeza, um espaço vazio.

Mais tarde encontraram o escravo em suas próprias terras. Eram homens que lhes confiaram a vida e a liberdade.

Cegaram o escravo. Roubaram-lhe a fonte e o frescor do oásis. Puseram no cavalo a cela do medo.

Depois, dia após dia, o escravo pavimentou o caminho do comércio com os ossos de sua carcaça. Logo o Norte e o Sul se darão as mãos sobre um imenso cemitério.

Homens utilizarão a via do comércio, sem ouvir os gritos de dor e de morte que tantos escravos do ocidente terão lançado ao sopro do vento que arde e às chamas do sol que consomem os corpos.

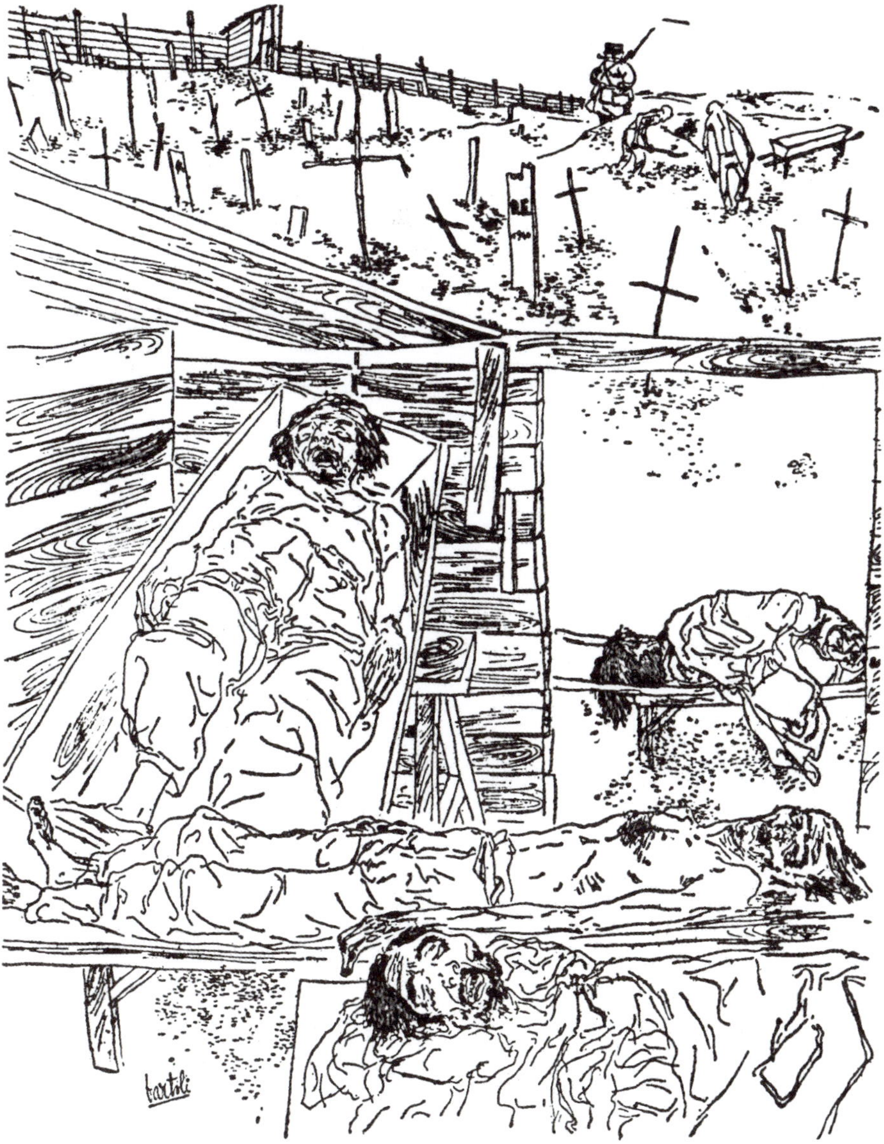

NESSES DIAS DE TERRÍVEL ESCURIDÃO tinha que ser celebrada a comunhão do homem com a dor.

De todos os confins da terra, os gênios do mal se juntaram a vocês nos campos santos de seres vivos.

Juntos vocês lutaram e marcharam pela estrela de um ideal. Foram como semideuses. As trevas derrotaram vocês. Os semideuses também caem. Caem para servir de exemplo.

Mas a dor não basta para recordar aos homens a dura lição.

A morte tinha que reunir vocês. Do campo santo em que vocês viveram como sombras exaustas, passaram ao campo santo em que o esqueleto desaparece.

Mortos, vocês serão um dia o eixo da alma do homem. Sua verdadeira comunhão.

Vocês viveram como almas penadas em terras desoladas. Sobre seus túmulos florescerão mais tarde rosas e cravos.

E, num futuro remoto, quando não sejam mais do que uma terrível e misteriosa lenda, uma criança, finalmente feliz, colherá com sua delicada mão a flor vermelha que vai buscar abrigo no grande coração de vocês.

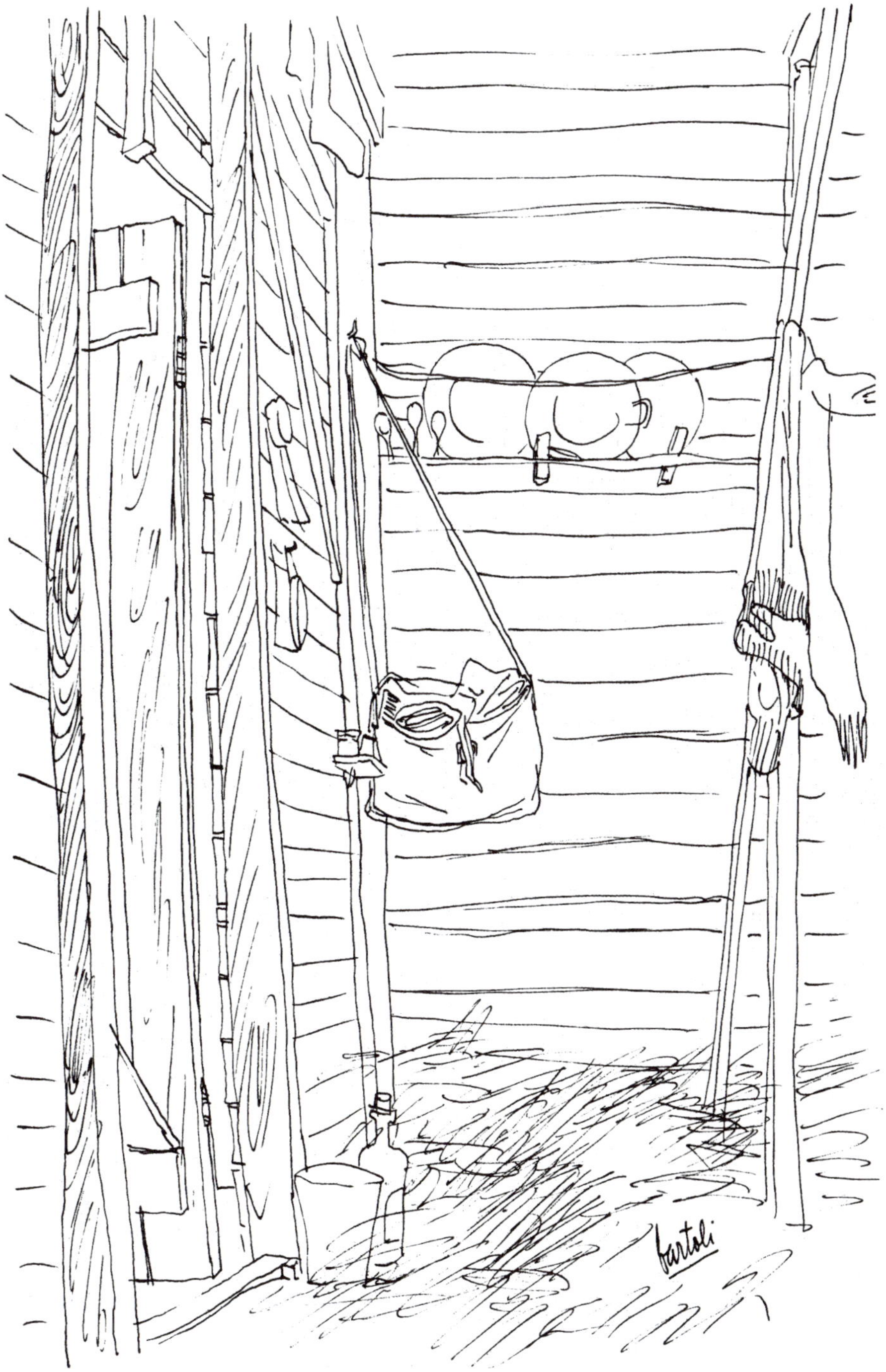
Bartoli

O FURACÃO E A MORTE levaram muitos de seus companheiros.

Você está sepultado no esquecimento.

Quantos falsos irmãos partiram, ao cruzarem o portão do cemitério em que você sobrevive, esqueceram a promessa que lhe sussurram ao ouvido!

Quantos farsantes enriqueceram, passando-se por mensageiro, aproveitam os prazeres comprados com o ouro que era seu, só seu!

Em sua sepultura você se sente esquecido pelo mundo e pelos homens.

Outros se foram; você ficou.

Somente alguns humildes, que sofreram como você e que sabem o que é não ser em vida, se lembram de você. Por serem humildes, sabem oferecer de mãos abertas, pois são ricos de coração. Eles e você, num dia não tão distante, coroados com os espinhos de seu cemitério, marcharão radiantes rumo ao triunfo.

— *Aos meus irmãos Lluís, Joaquim e Salvador.*

À FRANÇA

Este livro não é nem quer ser um livro contra a França. É a exaltação do sofrimento e da odisseia que viveram no exílio os primeiros homens que lutaram durante três anos consecutivos contra o totalitarismo e pela liberdade. E é também a condenação de alguns métodos e de uma classe burguesa e reacionária que quis encarcerar um povo livre atrás de um triplo alambrado.

Os perseguidores desse povo foram os mesmos que traíram a França e a entregaram a Hitler.

Hoje, uma nova França se levanta, desde o Canal da Mancha até os montes do Jura[17], os Alpes e os Pirineus. Esta é a verdadeira França, a que continua as tradições gloriosas de liberdade e que levou Pierre Pucheou[18] ao paredão e que, temos certeza, amanhã levará ao mesmo lugar os demais torturadores que perseguiram os refugiados e os torturaram nos campos de concentração e nas companhias de trabalho forçado.

Ao lado desses franceses que lutam e morrem, combatem centenas de espanhóis que ontem foram hóspedes dos campos de concentração. Seguem o exemplo do grande número de companheiros que, sob o comando do general Le Clerc[19], realizaram a epopeia de atravessar o deserto para se unirem às tropas britânicas do Egito e que tão gloriosamente lutaram em El Alemein[20].

---

17 N.T.: Cadeia de montanhas na fronteira franco-suíça.

18 N.T.: Industrial francês fascista que ocupou o cargo de Ministro da Produção Industrial e de Ministro do Interior, em 1941, durante o Regime de Vichy. Ver nota número 8.

19 N.T.: General do exército francês, responsável pela libertação da cidade de Paris, em 25 de agosto de 1944.

20 N.T.: Cidade egípcia onde ocorreu a Segunda Batalha de El Alemein, vencida pelas tropas britânicas.

Milhares deles sofrem o mesmo cativeiro dos prisioneiros de guerra franceses nas fábricas, nos campos e nas oficinas da Alemanha. Também lá, na medida de suas forças e possibilidades, lutam na ilegalidade, para apressar a derrota de Hitler.

A dor comum criou a comunhão, e a fraternidade na luta cria as bases para a futura e próspera colaboração entre os dois povos.

A esta verdadeira França não atacamos, nem podemos lhe guardar rancor. Esta é também nossa, ainda mais depois de em seu solo ter se derramado tanto sangue dos nossos, vítimas do mesmo inimigo que traiu e vendeu o povo francês.

Execramos e condenamos a França que torturou e humilhou nossos irmãos.

Para a nova França, a que ressurge das cinzas da derrota e que com tanto heroísmo lava os pecados que outros cometeram em seu nome, não podemos sentir nada mais que amor e admiração.

México D.F., março de 1944.

AS MÃOS
(detalhes)

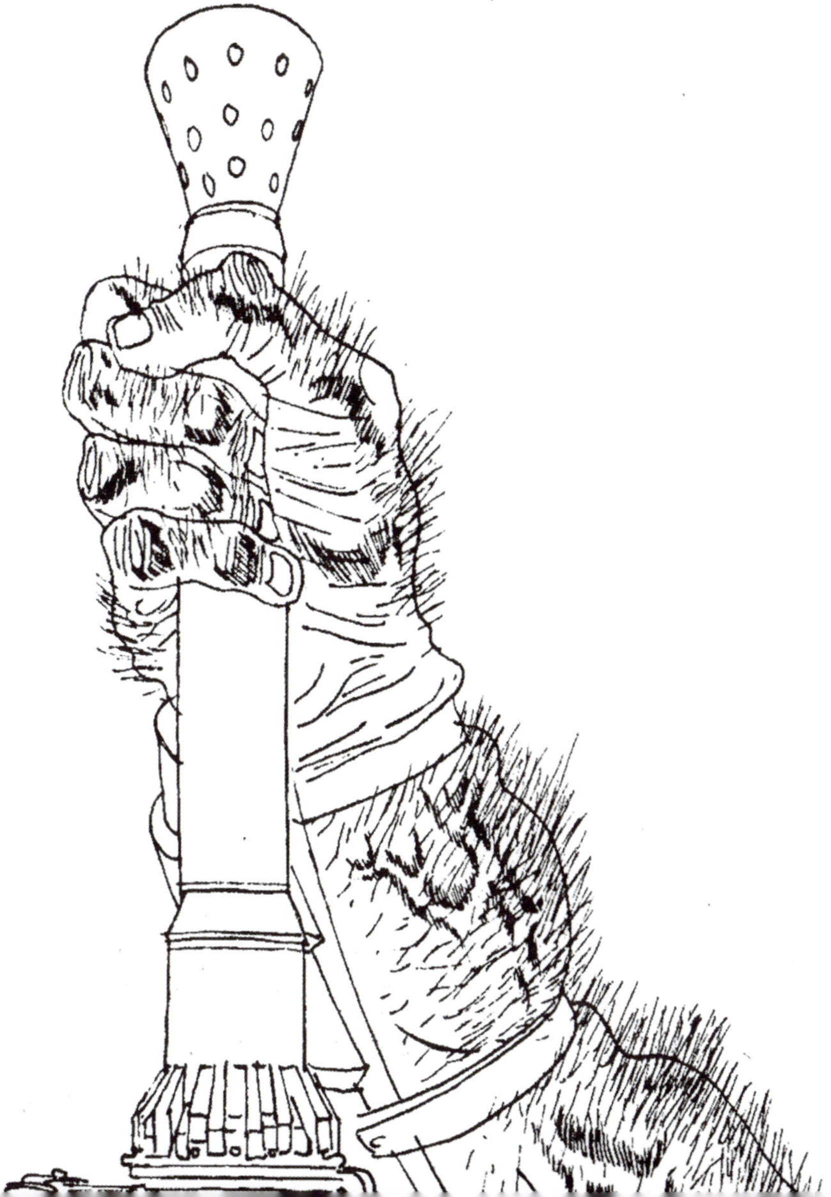

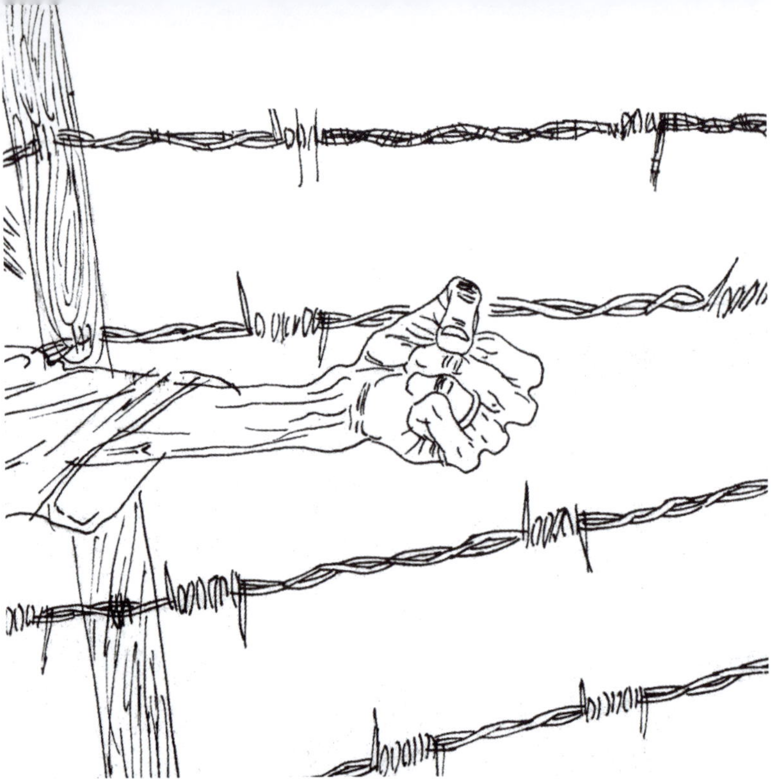

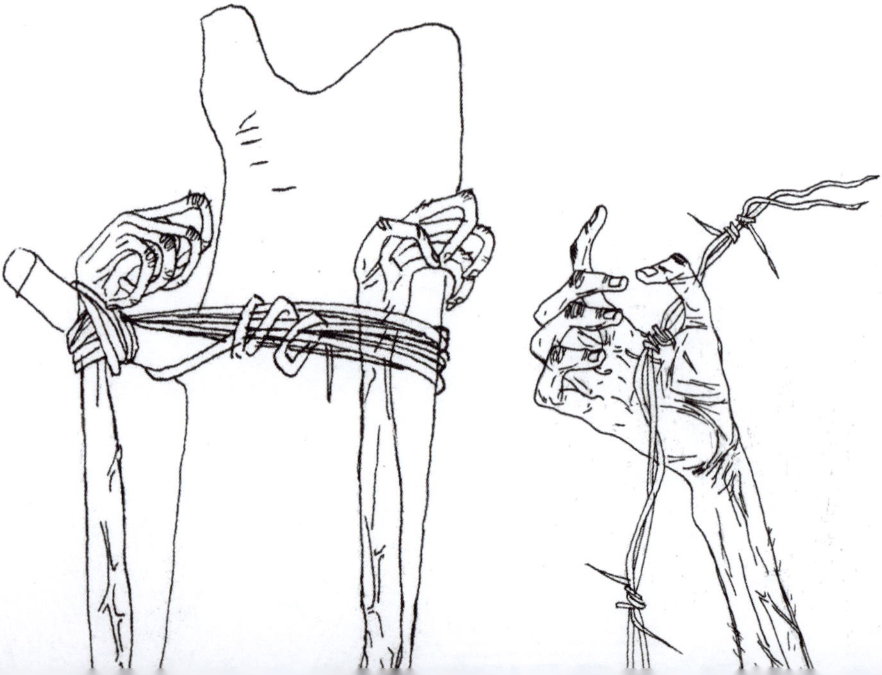

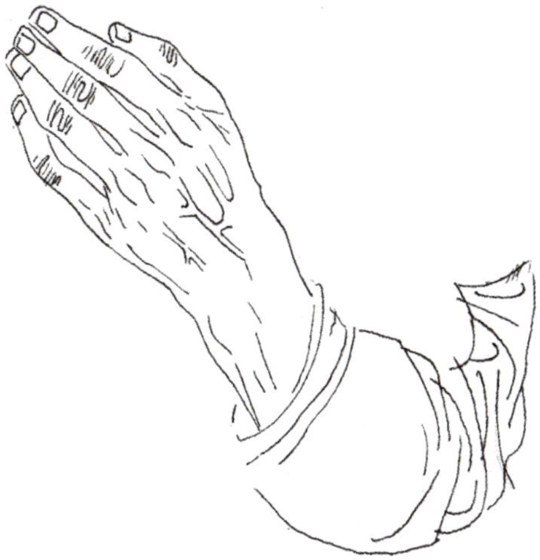

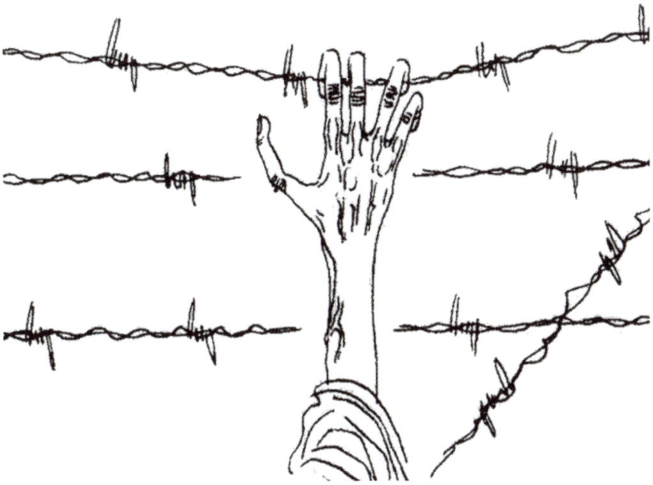

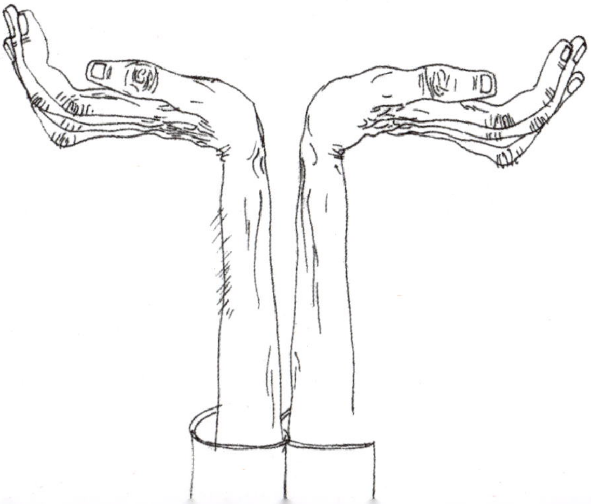

POSFÁCIO

A Guerra Civil Espanhola foi a batalha mais longa e sangrenta vivida por aquele país porque ela dividiu em dois polos opostos a população em todos os espaços sociais: o minúsculo povoado, as cidades, as fábricas, as fazendas, as escolas e as famílias. Um lado era liderado pelo governo republicano, eleito pelo voto nas três eleições realizadas, a cada dois anos, desde 14 de abril de 1931; o outro era chefiado pelo general Francisco Franco, que organizou um golpe de Estado no dia 18 de julho de 1936.

O processo de formação desses dois blocos se iniciou em 1808, com a chegada a Madri das tropas do exército de Napoleão Bonaparte em sua campanha para expandir os domínios da França por toda Europa. Note-se que nesse mesmo ano o rei de Portugal, Dom João VI, fugiu de Lisboa e aportou no Rio de Janeiro. No entanto, em Madri, a população enfrentou os soldados franceses com poucas armas e muitos paus e pedras, momento histórico que foi imortalizado por Francisco de Goya no quadro *Os fuzilamentos de 2 de maio*. Enquanto ocorria a luta na península e o enfraquecimento do exército napoleônico nos amplos territórios que havia conquistado avançando em direção à Rússia, uma massa popular concentrava-se na cidade de Cádiz, onde se organizou um parlamento que debateu, escreveu e promulgou, em 1812, a primeira constituição espanhola. Era um ordenamento jurídico que atribuía ao povo o lugar de emanação do poder e ao rei o dever de jurar fidelidade à lei. Criou-se então um sistema de monarquia parlamentar que não ameaçava o poder da Igreja, das instituições do Estado, dos grandes proprietários de terras ou da nobreza e influenciaria as cartas de construção de muitos novos Estados mundo afora. Ainda assim, dois anos depois de retornar ao trono, prometendo cumprir a constituição, o rei da família Bourbon a revogou. Abriu-se um período de mais de um século de muita convulsão política, social e econômica, pois a Espanha foi perdendo suas colônias americanas, que conquistavam a independência. As consequências desse processo culminaram com a independência de Cuba (1898), pois a nação espanhola perdia o controle

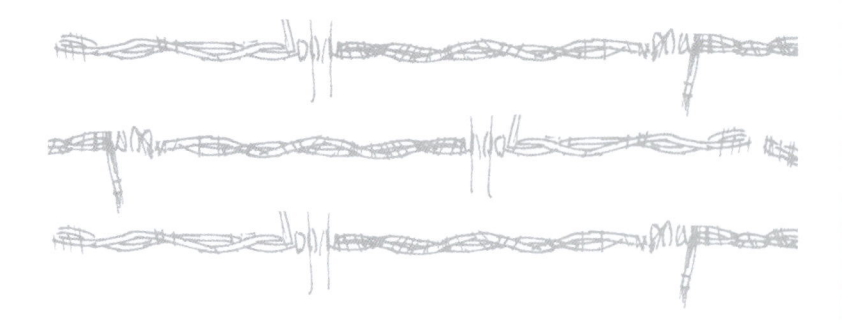

do comércio de açúcar, produto tão valorizado em solo europeu. Findava-se o que ainda havia de fonte de financiamento e enterrava-se um símbolo do grande império espanhol erguido na era das navegações.

Assim, os horizontes abertos pela constituição de Cádiz (La Pepa) esboçaram os dois blocos que disputaram o poder até o início da Guerra Civil e se objetivaram em muitas dezenas de golpes de Estado. O golpe que conduziu o general Franco, em 1936, reunia a Igreja, a monarquia e membros do alto comando do exército, mantendo e consolidando a coesão de sua origem. O outro bloco ampliou-se ao longo desse período. Nesse processo, aliavam-se de modo oportunista um membro da dinastia dos Bourbon, setores mais liberais do exército e representantes da burguesia que se fortalecia com o tímido crescimento da indústria.

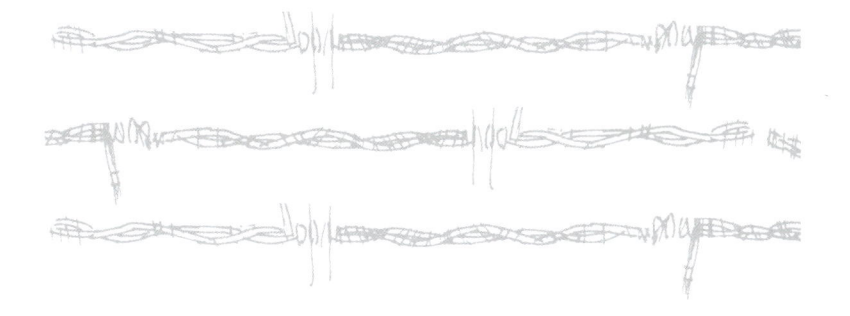

A crise econômica internacional dos anos de 1860 que provocou a quebra de bancos e de setores da indústria na Espanha, coincidiria com a escassez das colheitas de alimentos, o que fez a fome se estender e levou a população a tomar ruas e cidades para exigir nova constituição, "La Pepa", de 1868, que voltou a recuperar a monarquia constitucional, desta vez com o trono ocupado por um membro da Casa de Saboya. No entanto, a turbulência política motivou seu retorno à Itália e favoreceu o republicanismo burguês, que venceu no parlamento e instaurou a Primeira República. Esta vigorou de fevereiro de 1873 a dezembro de 1874, e foi derrubada por novo golpe de Estado, que restaurou a monarquia dos Bourbon, até hoje no poder.

Os manejos palacianos não enganavam as classes subalternas, que acompanhavam os movimentos revolucionários em outros países, independentemente da construção de novos partidos. Circulavam ideias de socialismo, comunismo e anarquismo. Vale lembrar que, em 1848, o povo ocupou as ruas de Paris e Marx lançou o Manifesto Comunista; em 1871, a Comuna de Paris pôs o proletariado no governo, ainda que por apenas dois meses. Essa revolução contribuiu para reforçar a irradiação das plataformas anarquistas na Espanha, que já se propagavam desde a década de 1860, apresentando a singularidade de mobilizar as zonas rurais, e não apenas o operariado, como ocorria nos demais países. Esse setor social foi arregimentado pelo Partido Socialista Operário Espanhol (PSOE), fundado por Pablo Iglesias, trabalhador gráfico. Já o Partido Comunista Espanhol (PCE) foi criado em 1920, em um encontro realizado pela Federação das Juventudes Socialistas em que estava presente Dolores Ibarruri, posteriormente conhecida como Passionária. Nas primeiras três décadas do século XX, essas forças de esquerda lideraram muitas manifestações e sofreram repressões cada vez mais violentas. Os anarquistas passaram a revidar as forças policiais com a prática de "ação direta", sempre classificada como atentado terrorista, tendo como alvo líderes da direita e indivíduos dos altos cargos da Igreja. Como recusavam ideologicamente a constituição de um partido nacional, privilegiando sempre a organização de coletivos independentes, em 1910 foi fundada a Confederação Nacional do Trabalho (CNT), para agrupar os sindicatos, e em 1927 a Federação Anarquista Ibérica (FAI), para orientar as relações entre os coletivos nacionais e os internacionais.

A direita não conseguia frear as revoltas populares nem mesmo lançando mão do expediente mais totalitário: com a benção do rei Alfonso XIII, instalou-se a ditadura do general Miguel Primo de Rivera em 1923. Ele extinguiu o parlamento e tinha apenas alguns conselheiros simpáticos a Mussolini que intermediaram sua ida à Itália para conhecer o líder fascista. Apesar de ser o único mandatário do governo, de ter substituído governadores e prefeitos por militares e de ordenar repressões ferozes, não cumpriu sua promessa de estabelecer a "ordem" no país. Em janeiro de 1930, foi demitido e o rei chamou outro general (Berenguer) para preparar eleições de um novo parlamento que escreveria outra constituição, contando com os costumeiros caciques e a fraude eleitoral. Só não contaram com o poder do rádio, usado pela primeira vez para enviar resultados da eleição para a totalização dos votos em Madri.

O rei abandonou o país antes do término da apuração, pois os setores republicanos venciam o pleito. Uma multidão saiu às ruas de todo o país e se proclamou a II República, considerada uma revolução pelo voto, no dia 14 de abril de 1931. Nova constituição foi escrita nesse mesmo ano e seus pontos importantes foram: estabelecimento do estado laico, igualdade de direitos entre mulheres e homens, autorização do uso de todas as línguas faladas na península, respeito aos parlamentos regionais, regulação da jornada de trabalho e reforma agrária com apropriação de terras não cultivadas e previsão de indenização dos proprietários. Esta última fracassou, mas a grande vitória da II República foram as políticas educacionais e culturais para todos os setores da sociedade.

Para a implantação desses programas, o governo criou um enorme número de escolas, contratou e formou o professorado necessário, convocou estudantes universitários para atuarem na alfabetização, distribuiu bibliotecas para os povoados e pôs em prática as Missões Pedagógicas, nas quais se engajou a maioria dos intelectuais e artistas, para levarem à zona rural a cultura disponível nas cidades. Em trem e no lombo de burros, chegaram às aldeias projeções cinematográficas, cópias de quadros de grandes pintores do país, representações teatrais dos clássicos espanhóis, concertos de coro e de instrumentos musicais. Os sindicatos foram reconhecidos para dar cursos de todos os níveis, inclusive os destinados a formação de profissionais. A dimensão política desses projetos aumentava a sanha das forças conservadoras, pois ela viabilizou a consciência das camadas subalternas dos seus direitos de cidadãos, das razões que sustentavam a luta para mantê-los.

A surpresa do resultado das eleições de 1931 provocou reações descoordenadas de diferentes setores do bloco totalitário: em 1932, o general Sanjurjo se insurgiu, mas fracassou e foi preso, pois faltou-lhe articulação; em 1933, os católicos montaram a Confederação das Direitas Autônomas (CEDA), fundindo alguns partidos adeptos dessa religião e do nacionalismo e, no início de 1934, fundou-se a Falange Espanhola, com pretensões de ser um partido único e que logo ganhou seu braço paramilitar. Ambas as agremiações tiveram votação tão pequena nas cidades que foram perdendo o apetite de ser maioria no parlamento. Por outro lado, no cenário internacional, Hitler chegara ao poder em fevereiro de 1933 e meses depois queimava livros em praças públicas, incendiando os ânimos de toda a Alemanha contra o comunismo e dava à Espanha o modelo político que a extrema direita e a direita deveriam seguir depois da estrondosa vitória das forças progressistas nas eleições de fevereiro de 1936. A conspiração da aliança totalitária contra o governo preparou o golpe de Estado de 18 de julho que o general Franco iniciou, partindo do Marrocos, com apoio silencioso de Portugal e sobretudo da Inglaterra para seu transporte e o de suas tropas integradas por soldados africanos, como os senegaleses a que se refere Fábrega.

De modo geral, pode-se dizer que o andamento da Guerra Civil foi o de ocupação do exército sublevado a partir do Oceano Atlântico e do sul do Mar Mediterrâneo em direção ao oeste. Na internet há muitos mapas que permitem acompanhar essa marcha. Importante é destacar a desigualdade militar entre o governo republicano e as forças golpistas. Estas, por terra, contaram com os melhores tanques, armas, munições mais modernas e muitos soldados fornecidos por Mussolini, e, pelo ar, com a aviação de Hitler, a mais avançada do mundo naqueles anos. A República resistiu por tanto tempo porque a população foi para o campo de batalha com poucas e antigas armas e munições. O Pacto de Não Intervenção na guerra, do final de agosto de 1936, resultou no abandono da Espanha a sua própria sorte, pois todos os países sabiam que o nazifascismo continuaria matando a Espanha "vermelha" temida por todos eles, até mesmo pela Rússia, que, como não objetivava o estabelecimento de um modelo de comunismo democrático, enviou ajuda escassa. Assim, consumou-se a derrota da utopia revolucionária após a quebra da zona republicana contínua a oeste do país.

Nos primeiros dias de fevereiro de 1939, mais de meio milhão de espanhóis caminharam em direção aos Pirineus; em março de 1939, uma multidão saiu de Madri para o porto de Valencia e a população que não cabia nos navios foi andando para o sul até o porto de Alicante, sendo deixados em Oram, Argélia, para onde os franceses enviaram os espanhóis que desembarcaram para os campos de concentração já existentes.

Meio milhão de espanhóis tentaram cruzar os Pirineus. Em toda a trajetória muitos morreram por fome e pelo frio daquele inverno rigoroso. E, na fronteira com a França, ficaram sujeitos aos humores do governo, também pressionado pelo anticomunismo da imprensa e das cadeias de rádio, pois o país não deveria acolher aqueles "indesejáveis". Então, ao passarem, eram destinados aos campos de concentração cujos arames os mantinham do mesmo modo apinhados, sem comida e à mercê das intempéries. Mas, em maio de 1940, os "cidadãos" franceses viram Hitler ocupar a maior parte de seu país em um único dia e estabelecer a zona da "França livre" em Vichi, sob o comando do general Pétain, tão colaborador que aplicou as leis nazistas, o que fez que a companhia de trens franceses transportasse em vagões fechados, diretamente para Mauthausen, tanto judeus como os considerados "perigosos espanhóis" antifascistas.

Muitos que saíram clandestinamente da França usaram navios atracados no porto de Marselha, caso dos autores desta obra, que puderam chegar ao México. No entanto, observe-se que, como militantes anarquistas coerentes, fazem questão de marcar a diferença entre a população e o governo, ao qual atribuem exclusivamente a barbárie então cometida.

Ivan Rodrigues Martin e
Valeria De Marco

BIOGRAFIAS

AUTORES

Josep Bartolí (1910-1995) nasceu em Barcelona e ainda jovem começou suas atividades artísticas como desenhista e ilustrador. Foi um dos fundadores do Sindicato de los dibujantes e, durante a Guerra Civil Espanhola, atuou no Partido Obrero de Unificación Marxista (POUM). Em 1939, dois meses antes do fim da Guerra, conseguiu atravessar os Pirineus em direção à França, onde acabou sendo preso pela Gestapo. Passou por vários campos de concentração, o último deles foi o de Dachau, de onde conseguiu fugir e, como muitos outros espanhóis, atravessou o oceano e chegou ao México. Na América, retomou suas atividades artísticas e se aproximou de Diego Rivera e Frida Kahlo.

Além deste livro ilustrado, publicado pela primeira vez no México em 1944, em que reúne os desenhos de sua experiência nos campos de concentração, também é autor de Caliban (1971) e The black man in América (1975).

Em 1973 recebeu o prêmio Mark Rothko de Artes Plásticas e em 2020 sua história foi tema do filme de animação Josep, dirigido por Aurel.

Narcís Molin i Fábrega (1901-1962), jornalista e combativo militante catalão, atuou na Esquerda Comunista ao lado de Andreu Nin (1892-1937) e fez parte do Comité Executivo do Partido Operário Unificado Marxista (POUM). Nos primeiros meses da Guerra Civil Espanhola, trabalhou para o governo da Catalunha, mas, após a ilegalização do POUM, em 1937, foi para a França, de onde emigrou para o México anos depois. É autor também de El Códice Mendocino y la Economía de Tenochtitlán (1956).

TRADUTORES

Valeria De Marco é professora titular de literatura espanhola na Universidade de São Paulo. É graduada, mestre e doutora em Letras pela mesma Universidade. Obteve o título de Livre-docente em Literatura Espanhola em 1999, foi vice-presidente do conselho editorial e diretora presidente da Editora da USP. Suas pesquisas tratam das relações entre literatura, história e política no século XX, tanto na Espanha como no contexto ibero-americano.

Ivan Rodrigues Martin é professor associado de literaturas em castelhano na Universidade Federal de São Paulo. É graduado, mestre e doutor em Letras pela Universidade de São Paulo. Seus estudos se referem às representações literárias e artísticas da Guerra Civil Espanhola e do franquismo.

CRÉDITOS DAS ILUSTRAÇÕES

O Arxiu Històric de La Ciutat de Barcelona é o proprietário dos desenhos originais de Bartolí, correspondentes às seguintes páginas: 5, 17, 18, 19, 20, 22, 23, 25, 26, 27, 28, 31, 32, 33, 35, 37, 38, 39, 41, 43, 47, 50, 51, 52, 53, 54, 55, 59, 60, 61, 63, 64, 65, 67, 68, 70, 73, 74, 77, 78, 79, 80, 81, 83, 84, 85, 87, 89, 92.

O restante dos originais está espalhado em coleções particulares ou desaparecido. Para a preparação deste livro foram recuperados da primeira edição (Iberia, México, 1944).

A IDT-Docuteca, de Barcelona, foi a responsável pela digitalização das ilustrações.

A La Vieja Factoría, em Madrid, realizou o retoque digital.

Este livro foi composto em Vendetta OT e Indivisible
e impresso sobre papel offset 120 g/m²
pela Gráfica Pifferprint, em fevereiro de 2024.